银杏的风采

游 运◎著

长江出版传媒 长江文艺出版社

图书在版编目（CIP）数据

银杏的风采 / 游运著. -- 武汉 ： 长江文艺出版社，
2025. 6. -- ISBN 978-7-5702-3826-2

Ⅰ. I227

中国国家版本馆 CIP 数据核字第 2024TZ5521 号

银杏的风采
YINXING DE FENGCAI
───────────────────────────────
责任编辑：胡　璇　　　　　　　　责任校对：程华清
封面设计：源画设计　　　　　　　责任印制：邱　莉　王光兴

出版：长江出版传媒　长江文艺出版社
地址：武汉市雄楚大街 268 号　　　邮编：430070
发行：长江文艺出版社
http://www.cjlap.com
印刷：湖北新华印务有限公司
───────────────────────────────
开本：880 毫米×1230 毫米　　1/32　　印张：11
版次：2025 年 6 月第 1 版　　　　2025 年 6 月第 1 次印刷
行数：7335 行
───────────────────────────────
定价：68.00 元
───────────────────────────────

游　运

四川广汉人，现居成都。出版有现代诗歌集
《花的变奏》《沉默的云》《另一种视觉》
等，格律诗词集《诗词别韵》《游运诗词选》
等，著有《中华哲理诗词300首译解》《中华
诗词100首白话翻译与解读》等。

写在一个光鲜的日子

向东，锦江之水
向东，岷江之流
一场雨，一阵秋风，移动时间的轴

浓郁的桂花勒住九月的封口

金色的菊花打开十月的酒瓶
酒香伴随记忆
把天空挤高，云彩流动
影响彼岸的情绪
远方的歌，去追溯往事
一种痛，来自一棵大树的根
这是一片叶子的前世
院子里，一堆红花读懂了朝晖晚霞
把色彩渲染在一个光鲜的日子
我的菜蔸里
辣椒，萝卜都泛起了丹红

文/游远　2015年10月

以笔绘心，岁月凝歌

—— 自序

回想我与诗歌的不解之缘，还得从 20 世纪 70 年代说起。那时，初中毕业的我，很想读高中，而校长和知青办主任，则到家里动员：早日下乡，早日茁壮成长。面对新的征程，确实有些茫然。

当时家中后院，那片无人问津的仙人掌，以其独有的坚韧与姿态，开出了鲜艳的花，触动了我心灵的某个角落。十七岁的我，或许就像这仙人掌一样，独自生存，无人照管，我试图借此表达点什么，然而，笔下却迟迟未能留下想要的东西。直至 20 世纪 90 年代，那份深藏心底的萌芽才终于破土而出，凝结成了《七律·咏仙人掌》："亦土亦沙身自坚，天寒地热更恬然。松青不用水浇注，梅艳未因谁喜欢。虽有芳枝常与伴，也无玉叶偶相攀。披针为杜浮尘渐，哪碍游人放眼观？"那时，我才深刻体会到了写诗的艰难与魅力。

受父亲影响，早期只对格律诗词有兴趣，在乡下的几年，试图用格律诗词表达一些东西，现在看来都不成熟。工作之后，钻研业务占据了生活的大半，写诗纯粹成了消遣。直至 2000 年初，能看得的只有 100 余首格律诗词与十几首自由新诗。

进入 21 世纪，是我写诗的一个转折点。2001 年起，因为工作上的一些事情，我的心情一直有些郁闷，只有用诗歌来排遣，这期间我写了《偶然》《花的变奏》《被遗忘的荒野》《蝉》《我是一株小草》《回答》等（载于《花的变奏》一书）。都是自玩消遣，起初也没有打算公开。从这以后，我在新诗方面花的时间多起来，而且新诗的数量超过了格律诗词。后来，看到一本本诗集出版，还真有点塞翁失马似的安慰。

诗歌，是我心灵的避风港，每当遭遇挫折与困惑，总能给予我慰藉和力量。如《狂风与小花》，便是在一次审计风波后的心灵安慰。1991 年，我参与审计一个公司经理挪用公款案，有一天，当事人带了几个人到我办公室要我小心点，还抓住我的衣领说："小心送你到另一个世界！"这件事对我触动很大，我一直耿耿于怀……后来，看到迎春花在狂风中拼搏，受到启发，写了《狂风与小花》，心里于是好受多了。这首诗登在山西省的一个文学季刊上。诗是这样写的：

　　　　它来了
　　　　挥着奔腾的千军万马
　　　　带着长啸的猛虎下山
　　　　推着涨潮的海水咆哮

　　　　她，一枝小小的五星花
　　　　　在千刀万剑中拼搏
　　　　　——左奔右杀

在滚滚的飞沙中眨眼

——时明时暗

……

它去了，她鲜红的脸

还是那么娇艳

又如《电杆》，道出了我对工作责任的担当。当时，我的工作是内部审计，自己的成绩就是别人的问题，所以干得再好都不能说在嘴上。2003年我自己感觉工作特别用心，可是经无记名考核我的得分出乎意料，我思前想后真想不干了……一天晚上，我在府南河边散步，看见河边的灯光，看见灯光下的电杆，顿时有了感悟：我的工作不正像这电杆，动摇了还有什么价值？于是我用《电杆》这样安慰自己：我被定格在这里/我的肩上连接着光明的脉络/我的责任是扫描黑暗/因此，我注定要/经受风雨/经受酷暑/经受严寒/但我没有怨言/因为我知道/要是我动摇了/我的责任和我的价值/将同时消失。

在我看来，诗歌不仅是情感的宣泄，更是精神的寄托。有一次一位朋友请我喝酒，告诉我：有人到领导那里告状，说我对下属单位的绩效审计不公平，等等。我心里很不好受，几天都不说话。其实，不光是我，许多公平的事都有被误解的时候。后来我检查工作到青海矿区，那里人迹稀少，但是阳光普照，我好像领悟到什么，随即写了《上天的使者》，心中的郁闷终于得到了彻底的释放。诗中写道：

太阳，上天的使者

总是以公平的阳光照耀大地

公平地——

照耀高山的禾苗

照耀山沟的蚂蚁

照耀城市的美人

照耀乡村的老夫

照耀富人的豪宅

也照耀穷人的蜗居

阳光没有穿透力

不能进入山洞

山洞当然暗无天日

阳光会被云朵劫持

在地上留下阴影

阳光也会被云层遮蔽

留下发愁的天空

但是，阳光还是公平的

    人生有顺境也有逆境，自然界也是一样，永远的春天是没有的，自然万物适者生存。在一个很不起眼的地方，一丛菊花开得非常鲜艳。春天的幸运物凋谢了，被忽视的野菊花正在开放，无论环境多么恶劣，它却为秋天的黯淡增添一抹亮色。不要一味地怨恨环境，也不要放弃自己。

于是《菊色流韵》产生了，全诗以菊花为载体，传达了对生命、时间、自然与美的感悟。下面是诗的后三段：

　　苍穹之下，青春的翠绿
　　夏日的热情，都在一季霜冻中泯灭
　　世间万物
　　都要经历最严酷的时节

　　消失的色彩，从东篱复苏
　　一阵芬芳，在昏暗中发出光亮
　　好似南山的眼睛
　　在时间的隧洞观察世界

　　当污浊不再盛行，血染的花瓣
　　依然永恒。新的季节即将到来
　　蒙尘的花朵，在一场疾风骤雨之后
　　已然露出最初的容颜

　　世间万物都要经历严酷的时刻，物我一样。环境再恶劣，也要努力绽放，展示出应有的色彩。诗中的"污浊"，在时间的流转中是暂时的，美好与纯净才是永恒的。血染的花瓣就是抵御恶劣环境的顽强力量，经历疾风骤雨，更能表现花朵的最初容颜。

　　写作于我，始终是业余爱好，却也是不可或缺的精神支柱。诗歌创作带给我的，是另一种无法言喻的精神满足与宁静。尤其是在心情郁闷之时，是诗歌这剂良药，抚平了我内心的波澜。古体诗集《诗词别韵》，新体诗集《花的变奏》《银杏的风采》等，便是在这样的背景下写成的，它们是我心灵的独白，也是我与世界对话的方式。

我虽不常涉足诗坛的繁华，却也珍惜每一次与诗友相聚的机会。从 2004 年成都诗歌年会的初体验，到退休后与木斧、龙郁等老师们的深入交流，再到应邀参加散文诗百年庆典等各类诗歌活动，我始终保持着对诗歌的热爱与敬畏。诗歌，让我在纷繁复杂的世界中找到了一片属于自己的净地。

我一直致力于将诗歌写得易懂有味。易懂，是为了让更多人能够走进诗歌的世界；有味，则是为了让诗歌成为一种阅读享受。如《沙漠的表情》之简洁与深刻，《依存》的哲理与意味，都是我追求这一目标的体现。当然，我也深知这并非易事，但我会继续努力，让我的诗歌成为连接心灵与世界的桥梁。

展望未来，我坚信新诗将在中国诗歌的版图上占据更加重要的地位。而我，也将继续在这条崎岖的诗歌之路上前行，用我的笔触记录生活的点滴与感悟，与读者共享那份来自心灵深处的温暖与光明。

目　录

辑
一

桃园深处的溪流

见诗如面：读父亲

你以梅花为剑，斩断冬日的寒风
我的冬天，从此化作春日的暖阳
你用夏雨洗礼我的思绪
我的思绪，变成一片沃土
孕育着生命的希望

夏日携着荷花，静静地绽放
黑色泥土——是荷花的起点
它穿越黑暗，突破水面
在阳光下，舒展纯净的花瓣

花朵上的露珠，映照着你的身影
我看见，你在风雨中奔跑的模样
你的笑容、你的情怀、你的梦
都在奔跑中闪烁光亮

你以秋叶为笔，书写果实的甘甜
你以四季为诗，吟咏生活的芬芳
我发现：利益与你无关，虚荣离得更远
唯有纯粹，才能读懂
荷花上那一颗颗露珠的光芒

题画：母亲的背影

一身青衣点缀雪地

母亲的步伐是那样坚定

那个背影多么亲切

走过风，走过雪

走过一个时代的沉默

手中的拐杖支持着一个家庭

乾坤在她脚下，往事在她心底

未来在她掌心

她睿智的眼睛里

折射出冬天的黎明

一串脚印连着春天的愿景

多么亲切的背影啊

那是童年的烙印

那是一生最美的风景

那是一个时代的母亲

三月，春梦无痕

——为妻生日而作

绿色的叶片雕刻春风的质感
冬天的痕迹被色彩掩盖
三月的阳光，在桃花瓣上凝固
桃红，演绎梦的旖旎

杨柳依依，把三月展示
蜜蜂往返在桃红李白之间
春风在我脸上——旋转，停止

三月，可以感知的温馨
把生活变成一本书
岁月，越读越有味道

我在桃园深处，被浓香包裹
蔓延的甜蜜溢出心湖
春梦，踏着三月的脚步
行走在无痕的平仄里……

三月，桃花园

桃花的蓓蕾刚露出一点微红
一个节日已牵动你的身影
而今漫山遍野，千里红遍
有你，才是风景

昨夜，梦中的你站在山高处
手中的横笛跳动着初恋的旋律
相见的故事，胜过桃花的浓郁

曾经在微风中依约而来
满身的花瓣湿润了我的眼睛
情愫伴随桃花绽放
桃花是我们相约的见证

往事，是春天的一首歌
化作三月的风轻柔我的心
想你，在三月的桃花园
依稀的陈迹里有你我的心声

一丝白发牵动的情丝

妆台前，你的一丝白发牵动我的情丝
四十年来，你这头发陪伴着我
犹如遮风护体的衣衫——助我长歌舞袖
当年土墙边、花草前，身姿独韵
春天的绿与你那么亲密
而咬定我目光的是你秀发的温柔

在坎坷的人生旅途，你的头发柔情似水
我仿佛驾着一叶小舟在流水中滑行
生活如镜面一般平静。在我迷茫时
就沉到水底，像一株小草
任随涓涓流水抚平我心中的伤痕

四十年来，我怎能忘记——
睡梦中枕着你的长发，仿佛踏着云朵
进入宇宙黑洞，一切烦恼随之融化
醒来时听到你的鼻息
抚摸这丝丝温柔，心漂浮起温润的水花
出门时你的背影扬起青丝
我的思念便在漫漫长夜攀爬

妆台前，你的一丝白发牵动我的情丝

让我想起当年那——青丝缕缕在风中扬起

给我送来多少朝阳的光芒

而今，那一袭瀑布在夕阳下奔腾

又为我散发多少晚霞的芬芳。而我只有

用笨拙的诗句，把这头发的温柔飘扬

产房纪实

痛并快乐的呼唤让空气变得紧张
一切安慰都是徒劳的
从混沌奔向光明，只有十厘米的路程
十厘米的路程啊走了三十三个小时

时针蹒跚，疼痛加速
此时不需要任何语言，陪伴是最好的解药
意志和时间较量，只为了瓜熟蒂落
一定要让寒冷的手术刀束之高阁

一指开度、二指开度……四指开度
催产素催开生命的大门
母亲用全部力气和勇气托起新的生命
地心引力牵引，一头黑发迎门而出
一块石头从心尖落下
女儿的哭声，安抚母亲的灵魂

一把剪刀，剪断脐带
一个赤裸的肉体在地球上独立生存
父亲以爱的名义
陪伴了最漫长的产程

时至今日，那声嘶力竭的叫喊
还刻骨铭心

有感于女儿婚礼

霓灯下的戒指，似莫比乌斯带泛着辉光
在两人之间，轻轻转动，缔结一桩秦晋之缘
川大校园共读，命运丝线相缠
相逢刹那，笑意间爱意暖暖
北美洲的雪，在时光沙漏里默默计数
那一串串涂鸦的符号，镌刻在记忆深处
纵然异国异地，七载漫漫苦读
又岂能分离。千山万水，仿若近在身畔
一曲《月亮代表我的心》悠悠扬扬
从校园一直唱到婚姻殿堂
纯真的初心，纯粹的恋情
没有社会杂质的开始本是一个传说
却在一个童话世界里梦想成真
婚礼进行曲，在弯曲的空间里婉转回荡
爱，就像引力透镜的焦点，那么明亮
冰川深处，似有古老的宣告在唱响
那星云的耳语，正闪烁成永恒的誓言
在婚戒里坍缩成甜，悬浮于婚纱的褶皱之间
爱，就像量子纠缠一样
在这神圣的婚礼时刻，永远相傍

年味，2019

一杯酒，把一家人围成一桌
女儿推出白味火锅
作为地主，频繁地往锅里添菜
羹汤代替烈酒，敬酒是一种象征

年味，从筷子开始
现实连同往昔被母亲托住
父亲用散文的手法畅想未来
诗，只是一种感觉

年味的热度，由女婿掌控
一年的工作，被上司肯定
一个数字，释放一年劳累

饭桌的轮廓成为整个日子的缩影
此刻，属于家的部分
都已经出场
空出来的位置，是必需的等待

柚子自然落下

这一天，山花是红色的
树枝上的太阳也是红色的
我推测，宝宝的第一声啼哭
也是红色的

想起昨天，池里的鱼
飞出水面，池塘一团红光
这是否与宝宝的出生有关
我梦见：二龙牵引梓桑

两颗柚子挂在树上
地球的引力在增加
一个月亮悬在空中
一块石头挂在心芽

心事已经开始发黄
只因天生一分牵挂
当瓜熟蒂落的时候
心中的石头终于落下

月亮降在山峰下

旷野的长箫悠悠扬扬
月光照亮的树
是一个个欢呼的手掌

2019-07-03

清晨的东苑

红楼直指蓝天，一串霞光染红了玫瑰
微风摇曳树枝，抖落一地色彩
草尖上的珍珠五光十色
河岸一条新路直抵城市心脏

马草河平静地流淌
跳动的音符，呼应着鸟语
小鸟用嘴衔来带泥的草段
它们在筑自己的巢
它们不懂物种繁衍
大自然会指引它们

雏鸟在巢里张嘴迎接妈妈喂食
一棵大树展开枝叶为它们遮风挡雨
红楼的色调与紫禁城相似
但它不同于动物保护色
梦，在巢里演绎未来

语　燕

天空突然变脸，乌云
追赶一只燕子
它，与闪电赛跑
远处的呼唤是它的动力

嗷嗷待哺的孩儿们
呼声震天
那巢———一块磁铁
吸附在屋檐下，自在安然

燕子的语音穿越雷鸣
从野外关照自己的家
燕语，是一条小溪
浇灌楼台下的花

雨，是过路的谎言
被雷声揭穿，天依然蔚蓝
乌云，败下阵来
留下语燕一家的盛宴

婴儿，自然之子

某年某月某日某时，你的一声啼哭
记录了你的存在
你的肌肤是出水的芙蓉
你的哭声是真正的天籁
上苍赋予你生命，你开始感受世界
天空、大地、太阳、月亮
都是你的伙伴
你感受风，感受雨
感受寒，感受暖
你用哭声，与夏虫的鸣叫呼应
你用耳朵，把握母亲的心跳
你用眼睛，与人群亲近
你的身体，是人类的符号
你的思想，有世界的未来
你是大自然的神奇
你的生命，属于时代……

题照：茶缸里的宝宝

你向世界发出的声音
押在七月的韵脚上
篱笆、阳光、河流，任你纵横
伸出双手就能抓住蓝天
你的手总有一天握成拳头
向着未来呐喊

茶缸——母爱的襁褓
跳出茶缸是你最初的模样
终有一天，你会越过爱的手掌
站在历史的十字路口——
寻找自己的方向
用你的战马和利剑
舞一曲天地之长歌
画一个时代之肖像

孩子，世界的未来

纪伯伦说："你的孩子不属于你……"
你可以保护他的身体
但不能约束他的思想
他是大自然射出的箭，而你是弓
他的灵魂属于未来，而不属于你
虽然孩子对于你——
犹如白天的太阳
为你消除阴天带来晴朗
犹如夜晚的月亮
为你消除黑暗带来明亮
然而，他属于他的时代
他是世界之希望，未来之畅想
作为父母，作为长辈
永远别希望他成为你
（或者你的意志之体现）
因为弓和箭必然分离

婴儿车

走过鲜花繁开的院落
又到红叶缤纷的林荫
在河岸桥畔，在鱼池旁边
婴儿车有快乐的天轮

婴儿在车里转动着眼睛
他们在扫描天空
蹬弹着腿，与鸣鸟互动
阳光透过树叶照在婴儿脸上
两个宝宝，两个婴儿车
两团色彩灿烂着一个太阳

婴儿车，快乐的天轮
移动的城堡走过四个季节
挡住风和沙，挡住雨和雪
庇护着两只将飞的雏鹰

我支持他们直立观看世界
抱起孩子高过我的肩膀
让他们倾听，让他们观察
让他们多多感受阳光

让他们纯真的笑在我心中荡漾

因为他们总有一天

要越过——婴儿车的围墙

我是孩子的玩具

孩子需要在玩耍中成长
在玩耍中探索世界
我会跟孩子玩各种游戏，无论家里还是野外
譬如我把几把椅子搭成大火车
推动椅子向前开了又向后开
有时我把他们装在纸箱里推，说是坐汽车
他们总是玩得不想停下来

我经常变换花样
我趴在地上装袋鼠，把他们挂在我胸口上
而我立刻变成马马，让他们骑在我背上
我爬呀爬，又突然让他们从马上摔下来
然后把他们倒立，转圈，举高顶墙
他们总是呱呱地叫，又兴奋又刺激
他们开心，我也喜气洋洋

他们是我可爱的玩具宝宝
我也是他们喜欢的玩具姥爷
两个宝宝都很调皮
有时候在我身上爬上爬下
揪耳朵，拧下巴，打屁股

宝宝哈哈的笑声洒落一地
我也高兴得一阵嘚瑟

我带他们玩蜗牛，玩毛毛虫，玩蟋蟀
他们从最初的害怕到现在的欢喜
克服了对新事物的恐惧
而今带他们到河边探险，他们会伸手抓鱼
孩子对新鲜事物充满了好奇
我从不说不行，不准，不可以
我会鼓励他们试试吧，告诉他们
有姥爷在，什么都无所畏惧

宝宝在动物园

天鹅飞起来，鹈鹕游过来
野鸭叫着下入水中
宝宝一挥手
一只野鸭突然向宝宝冲过来

宝宝用尖叫释放心情
用嘻嘻的笑，对付飞鸟
这是自然的天籁
这是人与动物的美妙和声

站在冰上的禽鸟
用它们的坚定面对游人
羽毛展开的时候
总是牵动宝宝的情绪

池塘周围是冰，中间是水
它们已经从寒冷的冬天走出来
似乎在用孩子听得懂的语言
说着：春天已经来了！

孙孙的照片蜜蜜甜

两个小宝宝，一笑蜜蜜甜
柔柔的头发，红红的脸蛋
好乖好可爱
孙孙的照片蜜蜜甜
越看越可爱，越看心越甜

一边吃饭一边看，一边走路一边看
一边聊天一边看，一边干活一边看
一天不看心不甘，打开手机再次看

梦里抱在怀中亲
醒来望着天空想乖乖
真想长了翅膀飞过去
当面抱抱小可爱
小可爱，蜜蜜甜
孙孙的照片蜜蜜甜

2019-07-31

让小矶鹬成长

——《鹬》观后

妈妈找到一只鲜贝
小矶鹬在窝里张开嘴，等待妈妈喂
妈妈用鲜贝引诱宝宝到沙滩
宝宝张大了嘴，妈妈却自己把鲜贝吞下
把它往有鲜贝的海滩推

它正在茫然，海浪冲击而来
它吓得回到窝里，不敢出去
清晨，妈妈把宝宝唤醒
告诉它：早餐，只能靠自己！

它蹒跚着到了沙滩。海浪
拍打而来，它学小蟹在沙中隐身待变
它被小蟹唤起，一睁眼
美丽的水中世界，多么绚烂
美味的海贝就在眼前……

它终于克服了恐水
凭自己的勇敢找到了食物
它开始嘚瑟，开始蹦跶
妈妈看到宝宝成长——开心地笑了

你的出现

你的出现是上帝的安排
我一直在那茫茫的人海
寻寻觅觅——为了一个梦中的原型
失落的目光，搜索到一个身影
那就是你，牵引了我的灵魂

我的灵魂，从沙漠中走来
低吟的胡杨，曾是我的期待
呼啸的沙，试图掩埋我的无奈
夜的冰风，依然在梦中徘徊
雨后的露，在斜阳的十字路口铺开

你的出现，是沙漠的绿洲
滋润的雨露填满我心灵的渴求
我风化的躯体
在你春天的季节悄悄翻绿
但我必须松手，因为
你的春光，应该另有所属

过客如风？

你说：你是我生活中的过客
我很高兴。这是我的幸运，因为
当我老了，仰望星空，我会想起：
曾经有朵纯洁的白云
纯洁了天空，天空从此更蓝
曾经有颗晶莹的露珠
晶莹了时光，时光更加剔透
曾经有枝芬芳的玫瑰
芬芳了我的心情，心情更加愉快
白云消逝了
露珠退化了
芬芳过去了
可苍老的躯体却有一颗慰藉的心

你说：情感都会随风而过
我没有言语
但我想起叶芝的话：当你老了
发鬓斑白，倦倚在火炉旁
无意中翻开一本尘封的诗
那些固化的言辞，会让你感到
当年的情感并没有风化

繁星的背后，那张隐藏的脸

一直为你笑着

那双从芬芳的篱笆园召回的目光

没有移向别处

那时，你的暮年

或许因此会多一点味道

我在读你

你的眼睛深不可测，就像桃花潭水
而我是一支篙，只能轻轻地
轻轻地浮在表面。我相思的小船
总是无法抵达你内心的彼岸
你的柳叶忽舒忽展，似乎闪动着一点心事
你长长的眼睫好像垂挂着一点思恋
但不能确定是否与我有关
我觉得，你脸上有一片思索的云
但不知你在思索什么样的人
你紧闭的嘴唇里有一朵神秘的花朵
我觉得会在我静谧的内心悄悄复活
有时，我会读你的背影
我远远地望着你
直到你的背影随着傍晚的霞光消失
我终于读出一点味道：
我们将会有一次心波的邂逅
我会让思念涉水而过
去亲吻你内心的甜蜜和烦忧
在时光的诗行里，送你一片温柔

致远去的你

（一）

你看见山上的红果子了吗
那是我的微笑，在向你祝愿
我祝愿你一路开开心心
你看见路旁的绿树了吗
那是我的身影，在向你招手
你将一路上都不会孤单
你感觉到微风了吗
那是我的呵护，在梳理你的头发
为你抹去旅途的些许灰尘
你听见长江的波声了吗
那是我在歌唱，我要用歌声
为你带来回到家乡的欢快
我在你的身边，你在我的心上
无论你在哪里
我都会呵护最可爱的你

（二）

回来了！像一朵飘动的云
而我是另一朵云
在这里久久地等待
天空属于我们
属于云和云的世界

回来了！像一片风中的红叶
悄悄地落在我的手心
那淡淡的纹路
有相逢的私语
只有我才能听到那美妙的声音

回来了！带着小鸟的气息
掸去尘埃，靠在我的肩上
沿着落满枫叶的路
我们一起寻找太阳的远方

当我想你的时候

当我想你的时候
我就会看看天上的星星
那闪烁的星光
就是你明亮的眼睛

当我想你的时候
我就会看看早晨的太阳
那彤红的容颜
有你微笑时的光芒

当我想你的时候
我就会看看清澈的小溪
那叮咚的水声
就像你亲昵的话语

当我想你的时候
我就会勒紧思维的缰绳
即使是奔腾的野马
也不会在天使的禁区驰骋

惊　梦

我们相约在一艘小船上
大海茫茫，一个突然的浪
拆散了我们。我从船上沉落
船不知去向
我挣扎着浮出水面
身体还在沉陷。我使劲地呼喊
仿佛听见了你的声音
却不见你的踪影

一只银色的海鸥把我叼起
我在天空飞舞，看到了你的小船
我向你猛扑过去
却被海鸥甩在了岸边
我被摔醒
灵魂却丢失在梦里
沿着小船的方向
继续追寻你……

想你的夜

今夜，我不能入眠
脑海里一直在拼接你昨日的容颜
你仿佛来了，又瞬间离去
你说过什么，我已不记得
睡梦中，我不顾一切追向你
醒来时，梦的解析跟踪你——

你走了，你的话音就是沙滩上
雁过的足迹。我沿着足迹寻求你的身影
其实我知道：你已扬长而去，随风飘散
可是我还在寻求
我想，你的身影总会越过无形的高墙
填满我内心的迷茫

我等待着，在寂静的午夜
感觉你说话的气息
我仿佛听到了你柔美的声音
但你的倩影，我无法触及
即使我的灵魂已经漫游
我的脚步始终不能与你合拍

我咀嚼你就像咀嚼过路的风

瞬间的浓烈就是恒久的空虚

我不敢猜想

你细柔的声音是不是一个美丽的错误

为什么总是在飘雨的季节

把离别——当成完美的起航？

狂风涌来

狂风涌来，打破了海的平静

海浪狂吼，大厦将倾

我的生命之船，不见了你的身影

船失去了航灯

一阵黑暗，夜色无边

所有与你有关的阴影

在眼前浮现

海在咆哮，血在呐喊

一百个阴影，一千个阴影，一万个阴影

其实都是你的一个身影

一个身影啊

我生命的永恒

我的灵魂被狂风吹散

被所有的风浪席卷

谁来收拾我灵魂的碎片？

只有你

只有你

我一辈子的宝贝心肝

你心灵的平安是我此时的心愿
茫茫大海啊，快成全我的心愿
只要我的心肝宝贝，心灵能够平安
我愿自己的灵魂被海浪冲刷一万遍
冲刷一万遍
也要让你离开
这无端的风口浪尖

遥望远方

（一）

落叶纷飞，鸟儿沉寂
望着远方，独自痛饮秋风
没有音讯的日子
为何十指紧扣着诺言

从前的时光，落在一摞白纸上
自从淡出视线，文字失去共鸣

天空只有雨滴
海面没有霞光
即使音讯永无
依然为你祈祷

季节是距离的尺度
距离是无声的选择
渐远渐珍惜，面向远方
向你道一声珍重

（二）

遥望遥远的远方
星星照亮我的夜空
但不知哪里是你
在这广袤的苍穹

眼前浮现着你的身影
今夜，你又在我梦中
抓一叶露珠问问天，问问地
你为何进入我的生物钟

河水经过田园
桃花沐浴春风
借问风中花语
可知她的行踪

你是那颗最明亮的星吧
银河啊，请带去我的梦
借一片月光
向你道一声珍重

穿越季节的祝福（组诗）

秋　愿

穿越一个夏季，寻求你
蝉鸣告诉我，你在秋天的莲花里
我摘取了一朵莲花
——发觉这是一个错误
我把莲花放在荧屏上
让一只蜻蜓畅饮花蕊的甘露
而我在一旁静静地守望
——用我的名章
一幅莲花图是否复制了你
秋蝉摇头，秋风也不知道
楼上的秋月在偷偷发笑
它读懂了你？也读懂了我？

遥望夜空

你是天上的婵娟，我是地上的小草
云层连接又阻隔我们。距离不可逾越
大雨洗净了天空，也洗净了尘埃

你的亮丽仍旧在千里之外
风传来你的气息，把你的芬芳
变成一粒种子，在我心中发芽
我想用一片云写上我的心思
把我变成一颗星星，追随在你身边
但我还是一棵小草
只能在明亮的星空下，蘸上夜色
写下痛苦的诗句
借助风，寄给遥远的你

七夕的祝福

我想剪一绺彩霞给你，作为
七夕的祝福
我寻找了三百六十五个日子
就是找不到登天的路
七夕就要到来，我不想错过时机
不要踌躇，那就送一绺月光吧
摘一片树叶，搭载月色
让秋天的风踏着岁月的频率
奔向你的梦。梦中
那片落叶上的月光
就是我的祝福
——祝你花容如初

小径遐思（组诗）

清晨，走在小径

清晨，走在一条小径上
青草摇动露珠，芳香勾起回忆
那朵玫瑰还带着露珠绽放
我的灵魂坐在玫瑰的中央
借助花香，眺望远方

树上，小鸟为我奏起晨曲
我的思绪在小径飞扬
那个黄昏，一朵彩云飞来
送来玫瑰的芬芳
我与彩云私语，就在这条路上
我留不住彩云
但我留住了玫瑰的余香

清晨，独自走在小径上
不见人影，只有花香
小鸟飞向天空
我好想坐在小鸟的肩上

等待面对彩云的时光

不是约会的约会

一个偶然的时刻，我遇到一个粉丝
在天府之国的一条小径里
与我相对而坐，她从崂山而来

一杯柠檬，一杯苦荞

透过清澈的柠檬水，我看见
她的头发乌黑光亮。我被她的目光
陶醉。我的眼前仿佛是蜃景蓬莱

她呷一口柠檬，我呷一口苦荞

她迷人的微笑浮在水杯的云彩上
而我，是这一景观的唯一观众
这是昙花一现的时刻，转眼不在

柠檬与苦荞干杯

这不是蜃景陶醉，这是真的
就在这天下午，远方的蓬莱仙子
认出了我

我们有一个不是约会的约会

相遇，就是惊喜

阳光在她脸上反射着独特的风景
她明亮的眸子里有我的小影
我庆幸，这不是幻境
我分明和她走在一条小径
她那轻描淡写的话语
散发着崇敬的诗情
芬芳的气息浓缩了小径的宁静
我分明触碰到她的秀发
我好想用她的诗心作琴弦
从天黑一直弹到天明。看看我俩
走过的脚印，其实心灵的琴弦
已经发出优美的和声
可是，我真不忍心
破坏一个美好的缘分

记忆，在七月疯长

记忆，铺满小径
寂静，踏着夕阳
那年那月那日，一个微笑，一缕发香
从一条小径开始

开始又立即消失

记忆在七月疯长。夕阳连着晨梦
发梢与微笑编织一个故事
在梦中飞扬。小径在梦中延长
延长的石块刻着两个人的脚印
树叶摇晃，传送她的声音

记忆，在小径发芽
在梦中变成一丛鲜花
迎候在小径两旁，等待回眸的微笑
那个回眸的微笑
何时能在小径飞扬？

独坐小径

一条熟悉的小径，绿意盈盈
一片寂静。没有花容，没有月貌
没有灿烂与辉煌
只有静静的葱茏，只有默默的幽深

独坐青石凳上，任银杏枝叶婆娑
白云在天空缭绕，我只有昨日的梦境
只有梦境中的回忆
只有回忆中她的诗韵

两声鸟鸣，一阵禅心，闭上眼睛
她的影子向我走来
还是带着微笑，还是那么纯真
突然脚步被鸟鸣阻止，影子瞬间消失

小径幽长幽长，一直伸向黄昏
我与小鸟对视，彼此都很宁静
我的内心涌动着甜美
把对方一望再望，小鸟似乎懂我心情

黄昏中的小径

揣着记忆，走过小径
我用沉默挥霍往昔
一切静止

风把榕树的低语，抖落一地
夕阳躲在树的后面，悄悄叹息
红楼枕着往事安眠
一个人的影子
在墙上游弋，偶尔发出梦的笑语

笑声与某个名字有关
名字落在小径的地砖上

我喜欢在小径游走

踩着地砖

一种心思在指尖荡漾

背靠黄昏，我用沉默命名往事

仰望天空，才发现多了一个牌子：

此路已封，请绕行

2016-07-31

茶香浓郁

夏日炎炎，清泉顺风而来
在两杯香茗之间
交谈，从盛开的荷花发散
心绪，从时左时右的舞步开始

苦荞茶和西瓜籽在夜里发酵
想象与逃避，成了黑夜和白天的两个轮子
梦中，一片晴天
醒来，一场阵雨
不能言说的感觉
变成一支香烟拨弄一首小曲
烟雾缭绕成一个舞姿
山，是她的舞台
雨，是她的伴奏
此情此景，用什么文字把它演绎？

但愿下一次约会不要被秋风吹散
雨，提示一个记忆
舞步踏着未来的节奏在脑海旋转
一阵鸟语，代替此时的心情

走向半坡遗址

从两个点开始，走了十几年
终于在远古遗址留下两串脚印
脚印在时间隧道里回溯、更新

摘一只野果子，一人一半放在嘴里
一起体验先人的初始文明
激情的时候，用一串文字
在两只手上串起"石头与火"的故事
石头与火，点亮岁月深处的寂静

两杯茶，盛满初夏绿荫
印象和往常一样，笑声连着笑声
笑声，收拾树上的鸟鸣
偶尔有蝴蝶飞来
一起畅谈远古的传说、陶器彩绘……
见证岁月的斑驳与深情

阳光穿越历史，照亮沉入远古的约会
两串脚印，向着现代文明
在未来的路上，继续书写
石头与火的故事……

一片月光

今夜，我想借一首诗
锁住你头巾半遮的目光
我正陶醉在你回眸的深潭里
你的美，让我羡慕
——是谁与你地老天荒
不过今夜，我只有一串文字
透着淡淡的墨香，为你
捎去一片月光

你看到月光下的秘密了吧
此刻，我的心放在了针尖上
感谢你的一个笑脸符号
释放了我内心的紧张
自从这篇载有秘密的文字
不小心发出，心一直惶惶
夕阳的余晖做成的琴弦
是否还能弹奏，我开始迷茫
你的回复是春天的雨露
句句洇在我的心坎上
我愿伸出指头与你拉个钩：
让黄昏的琴音锁住已有的奔放

月光下的白衣天使啊

一首诗，一定锁不住你的目光

我支持你，在这霜重天冷的时刻

为自己的母亲熬一碗热汤

我在想，今生要是有幸

成为你的病人

就能见到你真实的模样……

致一位女诗人（组诗）

我想过来看你

我想过来看你，凭借夜风
坐在飞鸟的肩上
我看见——
你站在月色淡白的树下
为远去的人
装点一幅惜别的图画
你捧出一束红海棠
用岁月的痕迹
诠释绿肥红瘦的经历
你嘱咐：
看到苍凉枯枝的时候
就会迎来春满枝头的季节
我想过来看你，不为别的
只因为你是夜梦中的彩云
冥冥中的一道特别风景

独坐的夜

从夜半独坐到鸡鸣
只为一个人
写给远方的诗，空无一字
思绪，借助一支烟的炽热
悄悄飞越
相处的细节在风中散发
萧声响起，那口井是否有水
月光正在测试？
荷塘的青蛙并不孤单
此起彼伏的叫声
驱走了夜的寂寞
一个人
一支烟
独无眠
只有青蛙能够见证

在你最美丽的时候

在你最美丽的时候我遇见了你
你从遥远的远方走来
我在一首诗的小船上等你
你出水芙蓉般的笑容

增加了小船的分量

我试着用一个动词与你接触

可是我的词久久不敢露面

我只有把它变成诗稿

让它永远留在我的书里

在你青春之际，我不想用秋天

接待你。我想在春天与你约会

可是春天在哪里？没有了春天

岂敢奢望还能遇见你

一首诗的距离

朦胧的月光传来朦胧的诗

一个蒙娜丽莎活跃在文字里

你从诗中走来，没有缠绵的私语

没有芬芳的情丝

只有平平仄仄的诗意

那些诡异的诗想

疯狂的梦呓，怪诞的故事

一支超越想象的笔

一纸距离，一夜心绪

我隔着一首诗读你，再读你

在时间的长河里

留下一个未解的谜

梦见老同学

一个祝福，在冬季燃烧一团篝火
我们蜷缩成两张透明的糖纸
紧贴着毕业册洇开的墨香

当霜色漫过眉骨时，课桌裂纹
正吞咽晨昏的对峙。铅笔削出的银河
悬垂在漏风的檐角。月光游弋处
方程式正流动一串未发芽的坐标
理想凝结成冰凌倒挂在屋檐
你辫梢晃动的弧光里
半截粉笔仍在黑板吱呀作响
潮水漫过三十年堤岸，邮筒吞下
所有褪色的暗语。而圆规旋转的锋刃
正在时空琥珀里刻出螺旋的年轮

子夜瓷碗盛着陈年月光，我们咀嚼
卡在牙缝的词语，直到酸涩的核
在舌尖结晶，折射出那年冬天
你夹在课本里，半张未拆封的彩虹糖纸

发霉的情书

在岁月的箱底，我翻出一封陈旧的信笺
泛黄的纸张，时光的霉味涟涟发散
那是四十年前，一位女同学的深情呢喃
羞涩的文字，如春日的花朵娇艳绽放

当时的我，粗心又懵懂茫然
竟将这珍贵的心意，遗忘在岁月风岚
如今重新捧起
满心都是难言的歉惭

岁月匆匆，不曾为谁留连
翻开老照片，几次相聚，一同欢颜
同一桌喝茶，同一桌把盏到酒酣

那份未被回应的温柔，在时光里
独自盘桓。情书已然发霉
可那爱的痕迹却难以消散
回忆如潮水，淹没了历经沧桑的心岸

错过的花期，不再回还
就让这封情书，永远镶嵌在青春的边缘

带着遗憾与伤感的帘幔

让我在今日的余晖里，默默地怀念

安仁聚会

一路向西，奔向安仁
青春挂在路边的枝头上，随风摇曳
田野的风景，依旧藏着当年的回音

相逢的时候，年轮刻在前额
那些淡泊的往事，已如散落的烟尘
一首诗的向度让人津津乐道
歌声如风，拂过休闲庄的每个角落

斜江河的水轻轻拍岸，带来一丝丝凉意
河边的芦苇低语，仿佛在诉说早年
芦苇的影子在水中游弋，像时光的碎片
城市的喧嚣，被河流阻隔
夜开始宁静，心还在沸腾

回忆如星，点亮了夜的深邃
别后的岁月，在酒香中苏醒
蛙鸣声中，倾诉时光的流逝
觥筹交错之后——

白发的银光，照亮乡村的梦

梦中依旧是年少模样，笑声如铃
回荡在记忆的巷口

清晨的鸟鸣与梦境无关
脑海里，仍旧是稚嫩的童颜
在时光的杯中，纯真胜过茶香

雨夜的街头

突然的惊雷，心在颤抖，眼前一片空白
风，翻开一本老书，时间回到两年前：
一起漫步海边，共同向往彼岸
而今，多么期盼远方的歌随时出现

漫长的时间隧道里，没有传说中的伊甸园
只有远离的身影，只有远去的脚步
枫叶正在那边泛红，爱情正在那边生成
遥望彼岸，只有波涛浩渺，只有一派云雾

这个夜晚，只有向大海申请，申请时间静止
静止在两年前，静止在昨日的梦幻
可是大雨倾盆，泪水混合雨水
谁能阻止那远去的背影
谁能修复这颗破碎的心……

雨　中

哗啦啦突然一场雨
太阳被苍狗吞食，树枝摇曳，行人奔跑
街边、商店挤满了人
那个卖菜的女人不慌不忙
一担鲜绿在街中独行——

她在雨中行走
一双眼睛在她身后
她不想躲雨
她正经受生活的风雨

一把伞从她背后撑起

雨越来越大
大得有点可怕
可雨不湿她的衣衫
只湿了她的眼圈

大寒，飘来粽子

满地的枯萎代表着时序
山峦开始荒凉。一只鸟立在树枝上
为了下一个绿色向着远方飞翔
只是那只狗一直留恋着热炕
眼睛里一片白色苍茫

正是三冬时节。突然飘来远方的粽子
水晶般的粽子，驱散了三九的严寒
往日的情景，透过粽子
闪现在眼前——
小桥边，滑雪场
一个红影从雪地里走来，步履蹒跚……

和雪一样纯洁，和冰一样晶莹
粽子的一端连着遥远的远方
另一端在桌上飘香。谁会想到
在雪地冰天的漠北
能够品味巴山蜀水的芬芳

鱼给鸟写情书

你是鸟，我是鱼
他们说：鱼可以给鸟写情书
我有些犹豫，我不知道鸟的世界
我希望你落在我的岸上
抖一抖身子
让我见一见你漂亮的羽毛
听一听你婉转的鸣叫
你也可以回眸一瞥
看看水里的风景
鸟点水，鱼跃空
你起飞，我归航
从两个世界，不同的角色
来一次鱼和鸟的牵手
留下一段佳话，千古传诵
可是你习惯了高高在上
一坨鸟屎从天而降……
鱼的情书难以到达鸟的天堂

听龙郁的诗

　　——有感于龙郁诗歌会

窗外，雪花静静地飘落
寒气默默地散发
窗内，朗朗的诵诗声热情奔放
绝美、空灵，诗在朗诵中升华
仿佛——
一根绳，打开往事的结
伸或者圈，连着顺藤的瓜
仿佛——
一个人，在大街上淋着暴雨
用一场洗礼，浇灌心灵的花
仿佛——
一只萤火虫，用微弱的光
照亮夜，照亮你我他
雪粒粒落在地上，诗句句落在心上
而人们从《静》中，听到了诗人
那一根龙骨的——瘦骨铜声

一盏航灯

——贺木斧老师米寿

您给 200 位诗人画像
无数的人为您画像
您演过人间悲剧和喜剧
您的忧乐震动我心墙

您读完拙著《花的变奏》
写来"犀利"评语。一盏航灯
把我盲区照亮
我将努力——
把旅游诗写得独特些
把社会现象写得深刻些
让每一行文字
都能触碰灵魂的河床

老树的荫绿为水街添妆
新生的枝叶映着霞光
坝坝茶,城市桃花源
所有的祝福,伴着"茶"香

看望王尔碑老师

这一刻，留下许多回想
一个老诗人迈过的坎
在文字中隐藏，在额头上张扬
我想起：砍断的树，在春天
"艰难地捧出一片新绿"
生命与诗歌交响
那些闪亮的文字
没有斧头留下了的创伤
瘦弱的身躯压住心中的天平
诗已经把生命的价值计量
此刻，聚焦一个主题
与老诗人一起
把记忆和脚步留在多子巷
大家共同的愿望：
祝健康健康永远健康
电梯关闭的瞬间，我看到了
老诗人眼中的情感海洋……

致春笋诗友

在黄龙溪，你骑着天马追月亮
月亮围剿黄昏
你走了
那串北斗，是你留下的诗魂

在斜江，你与夜灯同谋
用最后一颗柚子述说乾坤
天街隐藏，你裹着夜的面纱
迎接最晚的晨光

在春台，你把自己放进荷塘
把心事化为星光，用一根钓竿
把天空和山峰拥入怀中
为单飞的蝴蝶舒展起飞的翅膀

而今夜霜冷原野，你的天空
热气腾腾
诗的春光在追赶你
春笋，与鲜花沐雨而生

为水中酒写诗

下午还在滑雪，滑完最后一圈
一碗水煮酒喝出了兴致
满身的雪花被酒融化
此时，还散发着酒的香气

喝酒的朋友们已经离去
眼前是一把又一把空椅子
那个帅哥要开长途车
只好以茶代酒，以示敬意

想起红灯绿灯，想起杯觚交错
以水代酒，一股暖流充眼而至
关键时刻，君子之交淡如水
这或许是一种深情的标志

今晚，正好可以借题发挥
就用水中酒，敬远方的诗友
让它借助诗生活浇灌友谊的种子
用滑雪的棍子蘸酒——送去问候

燃情的烛光

她，是今夜的寿星
一朵盛开的黄果兰，或者玉树临风
来自四方的诗人、画家、舞者唱着同一首歌
歌声穿越心灵，挥洒激情

烛光点燃了诗，诗点亮了夜
她和他们笑得那样开心
因为一位缪斯的使者，口若悬河
幽默、风趣、天真

舞神推动月色。手舞花香，足踏行云
若摘月亮，若推竖琴
美，牵动灵与魂

借得烛光，与寿星贴耳诉说：
今夜，一颗灿烂星光潜入我心中
我祝愿——燃情的烛光，燃起你一生的情歌
洞亮诗意的生活，照亮你的梦

看望病中姐姐

（一）

太阳与月亮不只是背离
也有同时登场的时候
杯中的闪电同样可以照亮夜空
口中的玉米棒，是一张
无须解答的试卷
答案在时间里
这个六月
是生命的延续
也是新的起点

（二）

仲夏的阳光凝成笑
温婉的鹦鹉呢喃着往昔
播撒的善良在四方发芽
许多城市拐角
有你的步履和意志
鸟鸣与春天，河流与城池

变幻的风景，初开的花朵
丰富了你生命的意义
生命永远在与疾病抗争
风雨和彩虹难免没有瓜葛

(三)

当吊瓶里的药水涸开秋光
你颤抖的手正把晨光抒进药杯
床头风信子蜷曲的茎
正丈量体温回升的刻度
就像那年暴雨夜
你背我蹚过齐腰的河水
而你发间的白
已不是止痛药片的反光
是我们约好了
要去采撷的重阳花蕊

2018-06-15

海岛上的芙蓉

我不知道你去了哪里
在地图上找不出确实的地方
月白风清的三更
两个世界，昼夜一样分明

从鸭子河到长江
从长江的波到大海的浪
梦中的痛，再次泛洪

在某一个海岛上，我看见
一株盛开的芙蓉
苍狗与伴，白衣飘飘

你在笑，你好逍遥
我又何必担心春寒料峭
折一只纸船，抛向大海
让惦念随着风浪飘摇……

在网友家做客

碧绿的游泳池躺在丛林中
安静的环境能听见一片树叶
飘落的声音。萱草与芙蓉红绿相间
宜人的氛围浓缩着一个眷恋

阳台上的鸟发出了声音
表示了对客人的欢迎
主人拿出一本书，书的封面
遮盖着一个变动的表情

一杯茶，一个眼神，目光没有暧昧
说的都是风景，声音远离红尘
其实，真正的眷恋
是那书上闪亮的眸子和娇美的脸

那书上有一副鲜红的对联
昭示着主人的心愿——
大意是：要把日子打扮得更精神
要用诗的韵字装点心的风景

这应该是一个留人的地方

执意出门，好好的天突然下起了雨

淋湿了，到家了，雨戛然停止了

原来那书上早已写明："这就是天意"

老　伴

是糖，有她才有甘甜
是衣，有他才能温暖
端一杯水，那是温暖的桥梁
煮一顿饭，那是冬日的阳光

从青丝到白发，朝夕相处
多少油盐柴米的情感
多少缝补浆洗的雨露
一声咳嗽，有人问候
看似平常，都是担当

老伴，犹如列车与轨道
相互依赖而生存
愿天下有情人——珍惜老伴
少一些睚眦，多一些春天
一起笑，一起老

散文诗百年庆典

用诗文凝成的身影
蹒跚在庆典的舞台上
一生在文字的海洋
起伏跌宕
一百年的岁月，从"拂晓"开始
"野草"丛生，"花朵"开放
至今怀揣梦想
一头苍苍白发
记录了多少辛勤过往

前辈的声音在耳畔回荡
面对朝阳，拨起琴弦般的乐章
展板上的肖像是指路的灯盏
照亮长廊，照亮远方
庆典，把古老的黄龙溪
变成一副青春的模样
美丽的巴山蜀水
再次闪动诗意的光芒
听吧，诗的声音正在回响

奇妙的诗篇

茫茫大海，什么都没有
因为光线折射
就会看到海市蜃楼

荒凉沙漠，什么都没有
因为温度变化
就会出现湖面树影

一张白纸，什么都没有
因为画家描绘
就会成为永恒的艺术

我的脑海，一片空白
因为阅读或想象
就能写出自己都不敢相信的诗篇

诗人与诗（组诗）

让诗歌更有韵味

一首诗诞生，仿佛是自己生下的孩子
自己灵魂的镜像，自己思想的结晶
自己的孩子就是乖，为何旷野的季风总是吹落
刚萌动的韵脚？枯萎的花枝垂钓着永恒虚空

稗草，常比稻穗更早占领阡陌
有人用石膏浇筑云絮；有人被岁月锈蚀
像封存进标本中的无解密码
或者悬在雾中，聚成舌尖将逝的咸涩
更多符号在时光邃道闲置，犹如隐匿的谜题

而真正的根系始终向下
穿过修辞岩层，抵达泥土震颤的深渊
当心尖垂落的丝线，终于钩住对岸星群
便会惊讶地获得新的琥珀——
那些尚未凝固的心跳形状的标点

诗是心灵深处的景观，是精神世界的展现

它需要用心血去耕耘，用时间去酝酿
当思想的火花闪烁成诗
诗，就成为心与心的桥梁

诗歌的蜕变与绽放

在诗歌的崎岖小路上，我曾轻置笔墨
编织了一些无根的梦，如同飘零的落叶
躺在记忆的角落，诉说着往昔的稚嫩

并非每一朵云都能孕育风雨
并非每一句话都能铸就诗篇的光亮
那些无味的诗，只是当初探索的足迹

营养，来自生活的体验与感悟
在遗憾中认识自我，在挫折中体验人生
站在纸上的文字，应该活灵活现地表现生活

境界，在阅读的海洋中升华
摒弃无味的泡沫和晦涩，如同雕琢顽石
让它在时光的磨砺下，发出温润的光泽

好诗的诞生，需要无数次重来的勇气和坚持
要写好诗，就要让心灵成为纯粹的熔炉
在蜕变中绽放，不断地从已知走向未知

辑
二

咀嚼月光的晨曦

生命的色彩

生命本是一张白纸，色彩来自大地
上帝饱蘸岁月的墨
把黄河涂成黄色，把大海涂成蓝色
我不想成为画图上的道具
从盆地走向海洋，色彩来自血液

想起彼岸——
一块红布变来变去，引发牛的冲动
把斗牛场涂成红色
一堆白骨筑成教堂，满满的阴森
把一段历史涂成白色

云朵也是白色，但会被霞光改变

改变——握住时间的画笔
面对青山，秋霜涂染红叶
我用一支笨拙的笔蘸着自己的血
把灵魂交给太阳
用磨破手指的涂鸦改变生命的色彩

梦中童年

我在无常的背上行走
地上是血溅的光芒
太阳吞噬了天空
骷髅是我的行装

一个黑夜的弃子
与黎明发生了碰撞
我被打入地窖
饥饿在火焰上膨胀

无常全副武装
我的身体开始沦丧
在去天堂的路上
想知道母亲的模样

我搂住黑夜的脖子
寻求飞翔的翅膀
灵魂在泥土里起航
醒来已快要天亮

故乡的荒原

——写在 2016 年青年节

故乡的荒原，茂密的青草
让我想起当年的黑发
弯弯曲曲的河道
曾经流淌青春的歌

白首回望：那澎湃的河流
是青春的心情
宁静的河湾，有逝去的时光

岁月积攒的荒原
连接天涯海角
自由的风悄悄拉开夜幕
一个梦想重新萌芽

荒原，地球的起点
从现在起，再次出发
向着新的方向
有一个属于自己的世界

古庙的晨钟迎来朝霞

荒原的炊烟冉冉升起

老去的渡口

连着明天的远方

百花潭随笔

千盆花草正在向天发誓
最美的誓言随风低吟
那株银杏老桩指向的历史
只是公园的一个旁白

慧园，为蓉城增添色彩
不是因为有景
一个人从此地成了文坛巨匠
这里，有他的"家"

茶园，装满了八卦
但挡不住眼前的光景
内心的花朵需要阳光
怎么会忽略白日西斜

一段锦江，一段沧浪之水
流动着春天的味道
岸上修竹婆娑
送来四月的抒情

四月的足迹落在麻将桌上

机器拉住时间的腿

夕阳在指间滑落

而我却望着千年古树发呆

端午小酌

仲夏的风，裹在粽子里
一切都很平静
岁月留下的故事
在我咀嚼中

历史的波澜，经过汨罗河
把一个王朝的泪淹没
借助菖蒲陈艾把兴衰挂在门上

从《离骚》到《天问》
所有的注脚，都让人心跳
只有千年的韵律
向我投来一束光芒

眼下，用雄黄酒清理肠胃
和粽子一样，有一种特别味道
此时，翻开《楚辞》能品出什么？

汨罗河遐思

汨罗江与屈原的名字连在一起
便有了不朽的故事。那个披头散发的人
至今立于岩石上。他在怀念他的楚国

历史的浪涛一泻千里
他的对手统一了六国
要是楚王纳谏，或许会改写历史
或许就没有《离骚》，就没有秦时明月

一个诗者靠一串文字，与日月同辉
一个英雄征战天下，百战凯旋
也没有一个纪念日

历史忽略时空差异。长江与黄河
同划龙舟，同挂艾草
丝帛与竹简书写同一诗篇
江边的太阳照耀每一个散步的人

不负巨石

所有的羁绊都没有了
站在一块巨石面前
面向"天涯海角"，感到很轻松
我不再是背负巨石的人了

滔滔海水映照斜阳
坐上远行的邮轮，心优哉游哉
当海浪起伏，冲刷那块岩石
我已不再是石头下的影子

走过一个甲子，翻过生活的大山
经历世俗的霜剑
如今行走在大海的浪涛间
面对海的彼岸

我被夕阳变得越来越模糊
离巨石越来越远
我已是海浪中飘零的落叶
不再需要别墅、证书和命名

演奏心得

把琴声变成心声，需要爬一座山
蜿蜒的崎岖小路，只有不停地爬行
越过一座座丘陵
达不到顶点，也不要紧
只要一直攀爬
只要再上一个岭
就会看到更多的风景

纯粹的旋律静静地躺在纸上
只有流动的热血才能把它唤醒
情感触摸沉睡的音符
灵魂在岩石上发芽
心声变成琴声
体内波涛涌动，琴弦澎湃
奔跑的山泉，也会驻足聆听

琴声与心声的交融
便是灵魂与世界的共鸣

罗马假日

从课桌到田坝，手指上
留下麦地的两道伤疤
日落的时候，看大海升明月
凭一张试卷，离开了乡下

生活当然是油盐酱醋茶
为了一个家，一边工作
一边管娃，可怜琴棋书画
束之高阁，一直被风化

日子瞬间到了花甲，朝看残月
晚看霞，青丝已然成白发
捡起诗歌，捡起二胡，捡起书法
在一屋墨香中寻找往日的芳华

靠文字取暖，严冬如夏
峥嵘岁月都在笔下
用脚写诗，行包装着金字塔
用手抒情，一张白纸载华沙

踏遍五洲，留下雪泥鸿爪

岁月之歌，都在纸上开花
如今，到了休闲时期
有诗即是假，天天度罗马

门前桑葚

在小区门口，几颗桑葚落下
紫色的汁溅在大理石地面
这浓浓的色彩
让我想起童年的小院

爬在桑树上的我，满嘴乌红
呆呆地看着小伙伴脸上的甘甜
一切苦楚都没有了
那是儿童节的一天

而今这棵桑树的翠绿
和小时候没有多少差别
只是小伙伴们不知已在何方
桑树下的我已是两鬓斑白

摘几粒桑葚制成红酒
想稀释一下昨日的愁肠
只是经历了太多的酸甜苦辣
不易品出桑葚的芬芳

蝴蝶赘语

（一）

一只蝴蝶，一朵行走的花
在灼灼樱红、朵朵馨香之间
默默地铺展往日的思绪
绕指的柔风吹散了前世旧约
仍然一片痴心
彼岸已遥不可及
梦里花影，依然盎然
旧时港湾，曾经缓缓渡过
眼前光景，有抹不去的记忆

（二）

还是不愿在花间沉沦
也不愿在熏香里缠绵
那片属于自己的天空已经遥远
眼前，来不及温婉
只有无限地释放无用的心思
把凋谢的心景，流放天边

花红烟渺，典藏生命的厚重
岁月流芳，镌刻光阴的纯美
就那么静静地铺展心丝吧

（三）

寂静落成的海光，再次
反照一岸清浅的水湾
飞舞的蝴蝶，悄悄摇曳云烟
没有了心事，翅膀终于轻盈
一隅萼红，哪能羁绊一生
没有了彼岸的光景
一陌寒烟，照样勾勒天际流金
绿了变红，红了又绿
用前世愿景重新拾起今生

冬眠，影子与灵魂

身体已经躺下，灵魂还在游走
灵魂行走在春天的街头
跟随在一个影子的后面
影子已经不见了，灵魂还在行走

影子把灵魂引向校园
灵魂与影子并排而坐
影子消失，灵魂无知
一枝蜡梅绽放在城市的一角

灵魂终于发现影子的踪迹
把压在胸腔内的春天吐出来
一只蜜蜂，一只蝴蝶
飞向影子，影子知道灵魂的存在

影子突然出现在灵魂面前，灵魂惊讶地
打开一朵盛开的雪花，包裹影子绽放的美丽
黎明压着鼾声赶来
影子与灵魂消失在冬天的季节里

夜间琴音

琴音在夜空穿越
飞向静静的远方
远方的楼宇指向月亮
没有表情，没有声响
只反射路灯的光

琴音带着远去的行囊
找不到落脚的地方
琴音在忧郁中激荡

茉莉花在夜间怒放
把琴音的忧郁变得芬芳
楼宇苏醒
一张笑脸贴在墙上
琴音沉默
天空一片霞光

花开的声音

鸟儿挂在柳枝上，用鸣叫
传递花开的声音
花瓣在春风中展开
花蕊用触须与蝴蝶亲近
蝴蝶听到了花的喜悦
使劲抖动翅膀回应

鸟儿与花有距离
花也没有与它亲近
鸟儿把花开的声音唱出来
它唱得那么深情

花用喜悦声，感谢蝴蝶
蝴蝶无声，花自繁荣
花开的声音，美丽了鸟的歌喉
鸟鸣，传递花的美丽
也传递花的香味
鸟儿用鸣叫与花接近

寺庙前的老榕树

独自面向山谷，不需要使劲寻求沃土
根扎在岩壁上，云在树冠上移动
只有坚韧，没有彷徨
外露的根须有游走欲望
却始终不离母体
无论雨雪风霜
一直为母体采纳营养

背靠着古寺，弯曲的身躯
借助庙里的香火为岁月膜拜
也为心灵洗礼
木鱼敲动风声，划破寂静
听惯了晨钟暮鼓，叶子也飘动禅意
禅，从诵经出发
在山涧流动，然后
停留在看不见的年轮里

不知名的花朵

嫩嫩绿绿的树枝，白白红红的花
安然的样子，并不羞涩
在黎明破晓后
把天边第一缕阳光尽情散发
沃野之间，村庄院落
纷纷扬扬的花瓣
把白天黑夜连缀成日子
春天，在树枝上释放
站在田间的少女，一种美
映衬朝阳。她是大自然的精灵
她是人类的符号
她是宙斯，主宰万物
她是普通的人
普通得你不知道她的姓名
其实你无须知道她的名
就像那一簇又一簇
不知名的花朵
把新的一天装点得如此灿烂

荒野独行

荒草、野花、黄叶，一路相随
哪里还担心没有伴侣
也不用装饰，卸下面具
轻轻松松，无须顾忌

走在草丛中，躺在大树下
看湖面皱纹，听溪水叮咚
向荒山吟诗，用鸟语对歌
要的就是地阔天空

就在这荒芜之处
长啸吧，大笑吧
荒山野岭——随心所欲，任意逍遥

风轻轻地吹，草悠悠地摇
没有高楼，没有霓虹
偶尔想一想童年和亲人
放歌于眼前，陪太阳过冬

读画：色彩的魅力

一种蓝，一种红，一个季节
春天永恒
眼睛被色彩黏住，思想进入幻觉

仰望苍天，日月悠闲
世态炎凉，都随浮云
一团霓彩，装饰人寰

黑夜已经过去
人间正被阳光明媚
走向春天的背影
踏响了历史的春雷

春天的故事慢慢展开
一种浪潮挺起海市蜃楼
我从幻觉醒来，面对一枝红梅

霞光颂

（一）

最后一颗星拉开一天的光景
晨曦铺成的路开始显现
当霞光穿透云层
所有叶片挂满了珍珠

海滩一抹鲜亮，把新一天绽放
霞光借得海浪的舌头
亲舐大地，大地有了色彩

风景已随云霞展开
天空无限放大
海浪欢舞，大地沉静

沙滩上的光泽
正在书写一天的憧憬
这一天
注定闪耀着光明

（二）

霞光，一股穿透力
穿破沉默的云
把缤纷呈现在黄昏

霓彩的云层下
海浪衔住一个坠落的红球
海水滚动一幅波光粼粼的画卷
夕阳碎片，散布在海边
又随着涛声回流

我从雨巷走来，感受
夕光的洗礼
在云动波飞的时刻
总是一阵兴奋
霞光舞动的黄昏
最是迷人

夕阳下的笑声

夕阳的余晖透过静静的湖面
送来一对恋人的剪影
一串笑声，随之移动

一页石片在水面漂起
打乱了笑的节奏
但另一石片漂起和另一串笑声
构成了优美的和弦音

剪影随湖面的碎红消逝
笑声被湖水淹没
黄昏的美，被夜色反锁

玉兰花开

总是冲破寒冬，不畏雪和霜
在春的第一时间登场
那天还是光秃秃的树丫
今天突然花朵绽放
白色的玉兰，仿佛贵妃出浴
一尘不染
一种超凡的气息
荷花一样明亮

已是银火燃树，点亮黄昏
才想起错过了许多时光
一次次邂逅，只记得
那种淡雅的芬芳
连接断裂的肝肠
在乍暖还寒的日子里
仿佛一种微笑
为孤寂的心释怀化妆……

樱花三月

路边的樱花竞相开放
粉红色的珠链，一串串灿烂
色多形异，稚嫩娇艳
飞舞如雪，落地似锦

樱花从不孤芳自赏
总是与桃花、梨花结伴而来
给春天涂抹最浓烈的一笔
将春天的音符和旋律推到极致

没有耀眼的红，没有夺目的绿
艳而不妖，媚而不俗
来则花团锦簇，淡雅清新
去则潇潇洒洒，霓裳曼舞

即使零落成泥，化为尘埃
也会用身躯的碎片装饰大地
用花的语言告诉人们：
春天来了，春天真的来了

夏　至

夏天已经来临，而我还是春装
一个女子化了肚脐妆
小蛮腰落在我的画面上
我一直在画画
我在河边画了一支钓竿
画了树上的小鸟
我给小鸟一双翅膀
小鸟随时可以飞翔

让垂钓的老者从画面隐去吧
时空要素，需要空旷
春装是年轮的印记
露脐，是季节的变换
我就是垂钓的老者
我还没有换装，夏天已经闪亮
时光静默，钓竿轻颤
仿佛在等待一场无声的对话
画面外
一只蜻蜓立在我的钓竿上

乡村夏夜

炊烟连接农舍与天空
牛在咀嚼暮色的苍茫
草垛在田野张望
我在田埂上迎接凉风

柳枝一言不发
轻轻飘起又重重放下
只有蛙鸣
似想放松，却很放纵

星星把夜展开，月色朦胧
河岸杂草传来流水声
有人在河中游动，波光溶溶

面对夏夜乡村，我情有独钟
寂静的田野隐藏着我逝去的梦
记忆的岁月里，我那最初的相逢
如今，已不知西东？

初夏的荷塘

尖尖的小荷，是一支利箭
刺破乌云，掀开太阳的面纱
阴沉的天，突然晴朗

太阳的金缕，把荷叶织成一片绿浪
白鹤低舞，摇动堤边的柳丝
推动沉默的暗香

几朵抢眼的荷花
或红或白
把初夏的时光纯净得
让人不想离开

一辆宝马驶来
驱赶散步的人群
尘埃拖拽黄昏
嗥叫——撕扯荷塘的安宁

中秋之夜

今夜，月光是一张白纸
秋雨洗过的街道，写满清冽
风轻轻翻动，树影婆娑
桂花香蕊落进我的杯里

车流早已冲开城市的闸门
奔向九寨的湖、峨眉的山
节日的氛围在城乡间漫延
我咬一口月饼，尝到童年的甜

寂静中，吴刚放下斧头
嫦娥衣袖拂过云端
手机屏幕亮起，远方的笑声
穿过夜空，落在我的掌心

祝福如星，闪烁在对话框里
思念，是月光的另一面
我举杯，与影子对饮
将心事，折成一只纸船
放入月光的长河，漂向故土

忽然，月亮裂开一道缝
一只白兔跃出，衔来一封短信：
"今夜，所有的离别
都将在月光中重逢"

我抬头，看见无数熟悉的身影
从月华中浮现，微笑着
与我举杯，共饮这一夜的圆满

中秋梦游

风景在这边，这边有桂花
桂花的香醇得没有水分
河流带走了雨水
桂花与野草同生
芬芳跟随野草横行

有一老屋，是另一种景象
背靠一座神山
门前有流水，有稻田
月光下，一曲葫芦丝
静静地述说桃花源

一口月饼，把嘴里塞满
满口的甜忽悠多思的夜晚
随风摇动的桂枝
变成一顶桂冠，风一停
便离老屋很远很远

不知是谁带我从屋顶起飞
越过地心引力，到达广寒宫
带回了桂花酒

与地上的桂花比香

可是醒来，还是细雨蒙蒙

龙泉湖秋色

山里的湖是那样安静
霞光斜照湖面，波纹泛起金黄
几只野鹅排队而行
拨水的样子，不慌不忙

岸边的杨柳随风飘动
水中鱼儿不管风的方向
几位老者从都市而来
用钓竿静静地品味夕阳

山上的树叶已经飘红
秋色正在扩张
那一片片绿草地
依旧从容地享受夕光

野鹅鸣叫，唤起山野的宁静
溜鱼的时候正好消除一点紧张
秋水入暮，梦幻般的色彩
让山村获得感悄然增长

秋歌（组诗）

秋　风

稻花在远处站成同一种姿势
把芬芳挂在柳枝上
躲过尘埃，传来一缕幽香

荷叶摇动，稀疏的残红，沉默不语
那分纯洁，那分宁静
被莲蓬高高举起

静若处子的池水
开始用微波传递绵绵的温柔
不可触摸，但可感受

秋风不语，自然担当
菊花丛中，留下一地清凉
缓缓吹过，吹出一片金黄

秋　雨

踏着夜的旋律，在窗外
释放淅淅沥沥的凉意

季节的风尘，一洗而净
几片落叶，带走夏的火热

那株木槿，被洗刷得笑容灿烂
单瓣的、复瓣的，层次分明

玻璃上的雨珠高风亮节
把清晨的晴朗和盘托出

秋　影

从夕阳的身后缓缓而来
留下一路脚印，先到的红叶
传递着带色的秋意

突然的停顿，给夕照留下空隙
东倒西歪的影子，挤满城市
影子压不住秋的脚印

一轮滑行开始
拖着长长的尾巴
用清凉的小剪
分解夏季遗留的绿

秋天的容颜出现了
夕光下的金色，在树梢流露
白云正在提升秋的颜值

秋　声

蝉，缠绵了几天
热情降低，开始退场
田野一派宁静

玉米舒展腰臂，露出金黄的谷须
稻穗变得沉稳，整齐划一，低头不语
红柿像一树灯笼，挂在农家小院门前
小溪流淌着希望，小调一直不停

几片落叶带着风奔跑
田野开始躁动
风一停，一切安静如初
只有落叶还在喘息

秋　色

越过时光的门槛
在与季节的对话中
把青春燃烧成红色

一片红叶，飘在碧绿的水上
秋的色彩，开始展露

面对寒霜，即使凋零
也要用生命的风采
渲染世界

所有的红叶在地上连成一片
手牵着手
构成最后的风景

秋　韵

银杏歇满了黄蝴蝶，偶尔一飞
又步调一致地歇在草坪上
反映出绿色的金光

枫树卸了绿妆。红色叶脉

有霜吻的印记
那满满的红都是季节的感想

柳枝有些憔悴、低垂的样子
虽然少了阳春三月的轻狂
却摇动着生命的力量

霜降杂志

此时不说凋零与秋有关
只说霜降是秋的节奏
季节的痕迹
并非红叶落光的时候

银杏的风采开始外露
变脸，不是它的专利
从绿得发亮到黄得发白
仿佛——就是一场戏

芦苇也在变，以银杏为色
当然与河流无关
霜花用白色粉末浸染
该变的时候都得变

只是荷叶太可怜了
一夜间全都衰败了
小鸟立在荷秆上
见证一场更快的衰落

柿子红了。这迟来的风光

是霜降的受益者
红彤彤地从树上走向街头
想代表秋天的色泽？

菊色流韵

秋风寒凉，从菊花摇曳开始
那些丝丝缕缕，在昏暗中
抵抗着污浊的气流
为暗色调的秋带来些许明亮

时光从远古走来
雕刻出各种美好的色彩
那些血色的花瓣
有岁月沉淀美的基因

苍穹之下，青春的翠绿
夏日的热情，都在一季霜冻中泯灭
世间万物
都要经历最严酷的时节

消失的色彩，从东篱复苏
一阵芬芳，在昏暗中发出光亮
好似南山的眼睛
在时间的隧洞观察世界

当污浊不再盛行，血染的花瓣

依然永恒。新的季节即将到来
蒙尘的花朵，在一场疾风骤雨之后
已然露出最初的容颜

银杏的风采

一树树黄蝴蝶
欲舞欲飞，大地美，街道美
银杏，把最后的风采
献给阳光下的明媚

从侏罗纪、白垩纪走来
扎根华夏，成为活着的植物化石
挺拔的身躯，直刺苍穹
年轮里，书写着历史

曾经翠色伴随鲜花
亮丽了春天
曾经绿叶顶着烈日
清凉了夏日炎炎

初冬的美，离不开银杏
严霜越打越有风采
即使被寒风扫落，也要把
最后的色彩留给世界

深秋的色彩

红与黄正在浸染山林。在银杏带领下
狗尾巴草开始涂抹郊野
一丛丛、一片片，装点着北方的冬天

枫叶带头展示红颜，偶尔随风飘落
借助绿茵茵的草坪，衬托自己的颜值

月季牵引早上的霞光
花瓣上的露珠把太阳的光芒一颗颗摇落
红的黄的粉色的
仿佛一首湿漉漉的诗

深秋融合了春夏的美妙
在雪片到来之前，没有萧瑟，没有枯萎
只有繁荣与浓郁
还有提振精神的色彩

初冬，色彩

一场雪并没有改变视界
银杏更黄，枫叶更红，田园更绿
只是稀稀落落的农家平房
呈现着薄霜一样的白

初冬已经来临，秋景依然如故
在季节的交叉点上
初雪是色彩的增强剂。一夜间
勾勒出白里透彩的迷人画面

季节转换是这样的美妙。
从初雪到瑞雪，从初冬到隆冬
一转眼，一切都得变
鲜艳的色彩，终将被冬色代替

色彩的美，会留在记忆里
坚持到最后的秋色
为人们带来了更多的精彩
即使离去，也不遗憾

蓉城，初雪

一场雪，在试探蓉城的温度
岁末之际，与风同行
来了，却不留痕迹
像我昨夜的一场梦，仔细看什么都没有

雪，终于在我的皮衣上落脚
我看清了它的身姿
是我曾经看到过的模样
只是瘦了些

看来蓉城更喜欢带水的事物
雪，悄悄变成了雨的形状
从一粒雪到一粒雨，拒绝了什么
它在等待需要的背景

雪在郊外散步
对于蜡梅，是一次神秘的赐予
——掸去一身尘土，却不甘做雪的俘虏
雪，在等待

北方风雪

一把针撒在脸上，冰冷刺痛，无处躲藏
风的音符，穿过脑门，呼呼作响
雪的戏谑，抓住皱纹的沧桑，不肯松缰

仿若盐海，似冰非冰，一脚白浆
妻紧紧抓住我的臂膀
两人的重量合在一起，抵抗夜的风狂

乍冷之时，最难提防
到家了，门总是打不开，原来手已冻僵
那就用一张素笺，铺展季节的冰凉

不，一杯热茶正散发茉莉花香
白花花的茉莉，引起多少联想：
敢于面对风雪，才会迎来春暖花开的时光

风雪再狂，也挡不住春天的希望
你看那枝头的嫩芽，已在悄然生长
像一首无声的诗，写满生命的倔强

一场雪

所有的降落，都没有图谋
改变，只是意外
无论红色、绿色，或其他色
都将重新焕彩

雪，让人们重新感受世界
盲人也伸出手臂，把手套解开
他在感受雪花的重量
他似乎知道，雪没有尘埃

天下皆白，是一种洗礼
当然也是一种掩盖
禾苗、青草、路，还有污垢
还会重现，雪人也将不复存在

雪的覆盖，让视野干净了些
而人们期待的纯洁总是来得很慢
一切融化，都在顺应自然
一场雪，只是改变之改变

岂止小寒

光秃秃的树枝一身的轻
风，没有遮掩
用力与阳光较劲

冰，在安慰自己
和雪混在一起
这个时节没有雨

种子正在冬眠
拒绝别人的美梦
红梅在山坡问暖
过于遥远

借了一套羽绒服
包裹心的小寒
端起炉火，释放蔚蓝

大寒，我在北方

没有叶片的枝丫，更能抵挡风
我一身皮袄，遮盖到眉毛
也是为了抵挡风

萧条只是表面
草全黄了，根得以生存，绿正在萌动
光秃秃的树枝立在原野
为春积蓄能量

那棵柏树在引领季节
随风摆动，把绿散发给大地
此时我想起南方的麦苗

一只鸟与风同行
一身的黑，在荒草和枯枝间——
点击生命的密码
我与马草河同是见证

白盆窑秋景

枫叶红了，银杏黄了，青松更绿了
红色的跑道，把秋色串起来
又被风筝高高挂起

老人三五成群，歌声、舞蹈、管乐
勾勒出一个太平时代
那定格的梅花鹿，仿佛也不再沉默

一沟裸露的鹅卵石，大大小小
加入秋的行列
成了儿童们探索世界的乐园

歌声洗净了天空，天空一派蔚蓝
只有那鲜艳的红楼
在天边，放出一片片霓光……

下午，在柚子树下

颗颗下垂的柚子，把时光定格
在青春泛黄的小院。交谈时血脉偾张
夕阳，浸透了血
狗，在张望

心中的王子，与柚子的主人有关
一次次跳出栅栏
在口角的白沫上腾飞
时间跨越几十年

锋芒对着秘密武器
灵魂几次摆渡
在意境、情趣、音乐的彼岸
各走一路

植物的精华，已经吞下
种子在血液里发芽
一首诗，全是柚子的味道
月亮照亮小院的花

晚宴札记

一支舞点燃晚宴的兴致
静默中的禅意，包裹酒气
诗，从灵魂深处跳出
与画布预约，生产孪生兄弟

声音已经纯化，文字
随声音空灵。美女妙音绕梁
听众一阵沉静

画，散发迷人魅力
骷髅的背后藏着乾坤
色彩中有看不见的世界
海上蜃市在心中扎根

美，串联诗、书、画、舞
羞得庭前樱花坠落纷纷
没有干杯，我已陶醉
不是兰亭，胜似兰亭

最忆是杭州

蓝色的灯光在树上闪烁
荷花的粉艳点缀荷叶的翠绿
一场大戏，在水的微波上
拉开帷幕

琵琶一曲，洒下大珠小珠
荷叶是清脆的玉盘
露珠，跟随琵琶律动
水波上的采茶女
凌波微步
送来一缕春茶的馨香……

舞台在水中，移动的、固定的
三台辉映。借助雷峰塔的背景
一湖秋水洋溢空旷的想象
歌声擦亮夜空
西子从古老的吴越走向世界

远方归来

落叶托住尘埃，天空开始变蓝
雨，没有阻断归路
闪电照亮家园

飞翔势在必行，那里只是客栈
星星开始燃烧旅程
岁月已经过半

花朵站在露水上，为远行人鼓掌
归来，不需要叩响门环
一只狗发出信号
所有人都在回顾从前

身体是散了架的零件
重新在床上铺展——
羽毛、翅膀，还有梦
只是醒来，春天已经走远

清晨的蜗牛

天空湛蓝，风追逐风
赖以生存的水分，正随风而去
蜗牛蜷缩在包裹里
保持身体的湿度
倚靠一块石头躲过了鸟的眼睛

蜗牛托着渴望的包裹
爬到树叶的边缘
用触须顶了一下水晶球
垂露与朝霞，便洒落在地上
一次软着陆
把夏季的色彩铺开
滋润了花开的清晨
却暴露了行踪
一只小鸟飞来，注视着它……

一片黄叶

有风飘来
同伴们失去依赖
零落成泥

一片黄叶
与乌鸦并列
只有色温上的区别

雪压在枝上
经受了重负
还是独自挺立

等候，不可动摇
一片新枝
掩映绿色小溪

另一种视觉

树枝听惯了鸟语
向雷声投降

街灯正在发愁
留恋平静的岁月

风，寻找归宿
四处逃窜

我从梦中醒来
面对无语的天空

天空是昨夜的哈哈镜
变换露脸的太阳

电　杆

我被定格在这里
我的肩上连接着光明的脉络
我的责任是扫描黑暗
因此，我注定要
经受风雨
经受酷暑
经受严寒
但我没有怨言
因为我知道
要是我动摇了
我的责任和我的价值
将同时消失

依 存

你是轨道
我是列车
你因我而深远
我因你而前进

无论你到哪里
我都会追随你
无论我在哪里
你都会拥有我

排斥
不是我们的风格
共振
才是我们的个性

招　数

雷
怒吼而已
何曾唤醒沉醉的心

风
摇动高层建筑
能否摇动贪欲的根

电
天上花
未必是黑暗的克星

雨
使劲发泄吧
可怎么冲刷心灵的灰尘？

远　方

一只青鸟
从远方衔来一片雪
世界变得白洁

一束阳光
来自远方的诗稿
天空变得晴朗

一阵清风
拨动一组和弦
回音随风飘远

远方的一幅肖像
是一本读不尽的书
一本好书
多想随时阅读

鸟儿与花

花，从冬季走来
　　鸟儿站在花枝旁
　　鸟儿把花露看成了泪水
　　试图擦拭花的忧伤
花经历过严霜
其实很坚强
　　鸟儿唱着春天的歌
　　为花托起梦想
花是春天的使者
鸟儿有它的希望
　　鸟儿用嘴舔舐花的泪水
　　其实帮了花的倒忙
她是花
　　只是我没有翅膀

竹

一枝竹从岩缝里生长
排除了多少压力
向上，是唯一的方向
直到与白云握手
也不高高在上
春天，为花朵陪衬青绿
夏日，为鸟儿留下阴凉
坚强，来自岩石的支持
虚心，才有破土的峥嵘
雪压不弯，风剪不断
靠一身气节
支撑山野的晨昏
因为根，始终扎得很深

绿 梅

在路边，在山坡旁
多少次邂逅而又错过
今天，第一次拜访
那绿色的豆蔻和花枝
那似曾相识的感觉
楼亭因之而增色
河流因之而秀美
没有红梅那么引人注目
没有蜡梅那么馨香
却以独特迎接芳菲
没有人欣赏，也一样开放
就像这样默默地生长
没有人知道，但已经存在
存在于荒芜的山坡上
展现出春的希望

梦的气度

那红叶，那山泉，那天鹅
那满地的果实与野狗，都是昨夜的梦
为什么如此真实？
答曰：秋梦是白日的灯

能梦的太多太多，什么火星木星广寒宫
梦不到的地方可以想象，比如生前，比如死后
梦是生命的中转站，有梦就有存在
梦吃梦喝梦异性，大不了美梦成空

梦也有禁忌，比如酒桌上的某个座位
那是别人的专座——千万不要梦
梦受了伤，也不要紧
嘚瑟一下，重新开始

太阳已经露脸，梦还在眼前
从现在开始，高举白日的灯
照亮未来未知的行程……

说到冬天

小时候，我怕冬天
一条单薄的裤子把脚踝冻开了花
雪压在瓦屋上
三九时期，捧着烘炉过日子
那时不懂得——
"冬天来了，春天还会远吗"

如今，随一袭阳光躺在沙滩上
只一次飞行，冬天就消失了
我不想把冬九九裹在裘衣里
在海的彼岸，握住阳光的手
为童年的梦，打开远方的门

我只是远方的门外汉
短暂的入门证印上短暂的脚印
温暖的海滩，明媚的阳光
不过是多一个过冬的地方
风景再美，也不能代替童年的记忆

自题小像（组诗）

十八岁留影

一个广阔天地的修理工
银锄是工具，星星是陪伴
一年三百六十个工分，除了吃饭
还有三十元钱
为地球编织的绿衣
月亮见过，太阳见过
贫下中农赞扬过

有一块胎记——不黑不白
与紫红色印记有所区别
对于过往
只记得黄昏路上的脚印
镰刀口上的血迹，茅屋里的灯光
阳光融化了冬雪
在希望的田野一望再望……

奔向而立

手指轻轻拨动算盘
成千上万吨粮食南来北往
多少个深夜，月光在桌面移动
多少个清晨，一杯热豆浆
悄悄出现在冰冷的手背旁

偶然站在校园的讲台上
浇灌一批又一批桃李。耕耘的收获
是一双双渴望知识的目光

为了一个梦想，离开了故乡
在遥远的北方拨弄冰雪的曙光
直挺的身影在新天地启航

无论岁月怎样变化，一直不忘——
家乡的手掌为我戴过红花
还有那位迎着晨曦
默默送来热豆浆的姑娘

不惑，知天命

矗立的电杆，承载光明的脉络

历经一个个里程碑
从南到北，从北到南演绎工作的疯狂

星光铸成的文卷在档案室增长
心血蘸写的论文在时空中飘扬
工作担当，获得了金星奖章
也被推举，成为考察对象

三十年努力，耗尽了能量
憔悴的身影在迷茫中面对诗的海洋
在诗的声涛里
看到了云层里的霞光

围　城

山谷中的鸟，无论怎样用力
也飞不出梦中的天空。然而
飞翔依然不停

一串文字在纸上追赶一座城市
城市四门，都有一把锁
开始敲门，可城门太高
守门人——听不到夜莺的歌声

春风吹绿干枯的野草
沉默的文字被野草唤醒
经过艰难衍生
在野草上开了一丛带露的花

一种劲被野草推动。歌声
是啃了一口的鸡肋，躺在纸上
等待主人最后抉择
然而，主人依旧是梦幻中人

痛（组诗）

痛，从血管流出

心中的灯燃成了灰烬
痛，没有印记
中秋的月亮本来很圆
却要把它装进生锈的铁匣

曾经的梦被剪成碎片
鸟在迷茫中哭出声来
羽毛被人踩了一脚
忍着痛，不敢预测未来

痛，从血管里流出
落在纸上是红色的
当然，你无法识别
因为你不是失眠的鸟

夜，露出黑色的底牌
疼痛用黎明修复碎片
还想把霞光种进人心

让希望在灰烬中发芽

痛，是上帝的奖励

泪水流在血液里
省了吊针的点滴
一种痛，来自连接风筝的线
一旦线断了，风筝自行飘摇
痛会加剧，而且永不消失
一次又一次的痛
不是自找，但是自愿

痛，是上帝的奖励
只要风筝在蓝天飘扬
痛又何妨
只要风筝能托起正确的云朵
那就用泪的点滴
抹去痛的痕迹……

最后一颗柚子

你不摘我也不落
天之光华，地之精粹
都在它的皮囊里

是多数的归一
是一段往事的整体
是岁月的遗迹

该去的已经去了
不该去的也已经去了
留下的是整个世界

包括我的心事
和一段记忆
被大自然高高挂起

借我灯光

我的肉体是一个混沌的世界
我需要借助灯光
辨别方向
书籍，永远闪着光芒
在《论语》中寻求高尚
在《诗经》中感受美妙
在《离骚》中陶冶情操
我的灵魂不再迷茫

我的大脑是一片茫茫的海洋
我需要借助航灯
辨别方向
艺术是审美的灯塔
感受艺术，感受审美的光芒
维纳斯雕像，是我懵懂时期的偶像
《月光奏鸣曲》，让我的黑夜时时光亮
《蒙娜丽莎的微笑》，给了我清晨的一缕阳光
艺术星空，在我的大脑中扩张
审美航灯，让我的航程不再迷茫

我的眼睛面对信息洪流

我需要一盏心灵的烛光

辨别方向

向经典借光——

读唐诗宋词，感受中华文化的辉煌

品世界名著，让心情触摸真善美的天堂

我要在信息的海岸建一座小岛

把安静的灵魂放在最美的地方

绝不让滔滔不绝的信息洪流

卷走了生命时光

辑
三

擦拭血液的灰尘

赞嫦娥四号

月球背面藏着什么？谜团如雾，传说如影
以往，暗区在望远镜里只是打个盹
直到机械臂的银手指，轻轻掀开面纱——
陨石的唇印吻遍月面，每道凹痕
都是时间的指纹。天线剥开亿万年的寂静
让宇宙的初啼流进银色听筒

氦-3 在岩缝里贮藏星光
这凝固的太阳密语，正为蔚蓝星球
熔铸新的日晷
当所有撞击坑睁开环形瞳孔
将看到：玄武岩在时间的指纹里结晶

玉兔的轮辙改写阿波罗纪年
古老月尘在反光中苏醒——是东方的砝码
重新校准了，宇宙天平支点所在
鹊桥的电波漫过环形山实体，所有文明终将懂得：
每个测量过月光重量的民族
都能将神话锻造成新的引力常数

从酒吧出来

一杯酒下去，所有的念想
随烟圈游荡，消失在霓虹的缝隙
高楼如刀，切割着天空
理想、现实、梦幻，在一张白纸上跳跃

歌声从酒吧窗口溢出，像一场飘洒的雨
车流缓慢，仿佛时间也在拥堵
街边的银杏，金黄得刺眼
它们见证了太多，总是把年轮
藏进落叶的褶纹，等风来读

火锅店里热气升腾，初冬的热情
与北方的雪无关。K 歌的、疗脚的、散步的
他们脚步轻盈，仿佛世界从来就是这样
只有手机屏幕亮起
群里的老照片，打开记忆的锁

从一环到四环，从高新区到天府新区
灯红酒绿下，谁还记得这里曾经是农田
谁还会俯身倾听——

当年的稻穗，在某扇飘窗的绿植盆里
在某个打工人手机屏保的页面上
在深夜加班后仰头望见的云隙间
那粒不肯熄灭的——星子絮语

另一片天空（组诗）

春台印象

那块地，自从嫁给一位美女
取名春台共享农庄
便成了一道亮丽的风景
遍地花开，满园芬芳

那儿有农家鸡黍，高粱酒缸
田园、庄稼、蔬菜、瓜果
格调别致的小洋房
春天鲜花点缀，秋日片片菊黄

背靠大都市，走在农庄小道
悠然地品味荷塘幽香
当一阵蛙鸣被莲叶捧起
回看倒影，已抹去脸上的沧桑

满满的绿，弥漫着淡淡茗馨
夕烟下的田园小舍，歌声响亮
难得的都市桃源——

夜晚望星空，伫立在东窗

春台随想

到了春台，一切都回归自然
花朵、荷塘、田园
在一个没有红灯绿灯的地方
喝酒，弹琴，聊天……
读书是一种选择，环境那么优雅
写作是一种选择，田园那么安静
住在小洋房里，一切都随意愿
当然，最好是漫步在田间
夏天观麦浪，秋天闻稻香
如果是在自己亲手耕种的地面上
收获的时候，会美得心甜
在喧嚣的城市周边
这是多么难得的世外桃源
春鸟喁喁，秋虫啾啾
支一根钓竿，钩起梦中的天

走进樱花村

这里，仿佛是上帝的后花园
一夜间，花瓣溢满了湖水
那些炫在空中的花朵正在燃烧

三月的村庄把温暖带给孩子和老人
他们手牵着手
在樱花树下，披着满身的霓彩

鱼儿也好色，从池底赶来
一次次亲吻天空的霓虹，一次次
忽略垂露的柳枝……

整个村庄都成了红的灿烂。是什么
改变了天空的色彩
是花，是梦，还是人们的笑靥？

野岭红叶

星星点点的红，是秋的开始
红成一种力量就是风景
霜的白与树的红，纠结出
自然与生命的风采
红到漫山遍野，夕阳渗透
泉水也流动血浆
众多游客慕名而来
曾经冷淡的荒山开始热络
峻岭深处的奇岩怪石
也被人们夸夸其谈
商店开始繁荣，饭店开始增长
繁华从人们的审美开始
产品被带往四面八方
红透了的山野
让山村的生活也红了起来

春节闲观

鸡鸣在岁末的脚底响起
烟花在节日的肩头起舞
心情在天空灿烂
一家家的憧憬铺展成一副副对联
福字窗花，指明猪肥牛壮
游子归家
牵着父母的手，跨越新年

一顿年夜饭，释放一年的挂念
絮语声声，是浪花感恩大海的乐章
落叶盘旋，是大树拜揖大地的滋养
游子天涯，梦有家乡
家乡的种子——
播撒晶莹的畅想
带回家人的希望

把今天的美好寄给明天
春风再绿心的彼岸
挥挥手，又说再见
轻盈的步履，刷新往日的梦幻
新年是一场无声的誓言

新春时节（组诗）

新年的色彩

一场雪，四野变了颜色
白，掩盖了一切
青草、禾苗、路，还有污垢
都不见了
唯有老屋的对联，鲜艳如未尽的誓言

旷野中，青衣男子与红衣女子
正在给老人敬酒
红梅在墙角燃烧，雪人系着红围巾
一堆篝火，把红酒瓶映得发亮
将新年烧得通红

雪，纷纷扬扬
却掩不住新年的色彩——
红与白，冷与暖
在寂静中交锋
又在寂静中和解

新春望远

一声鞭炮，一声耕耘的号角
卷帘门的舌头舔舐春的味道
红梅再度风流，不停地闪烁
雪山，从云层露出
大地的白骨映衬春日的新绿
河流的银光早已碾碎冰凌
潺潺细流滋润田间嫩苗
柳丝吐绿，草舞纤腰
乡音在茶馆沸腾
笛声在田间悠扬
阳光落在农人的肩上
也落在路人的脸上
初春的阳光暖意融融
打拼的人奔向四面八方

拉杆箱

拉杆箱说着家乡话
四处奔走
上了飞机，上了动车
搭着《一壶老酒》

背负乡亲的契约
坚韧依旧
在一个轮回的季节里
清风轻拂衣袖

一年的心事已经抖空
行囊里都是新的追求
昨夜的梦在追赶月亮
脚步，一直没有停留

坐地铁

蟒蛇在地下穿行，不理会天空
速度没有参照物，只有一股风

从天上到地下，只需一次站立
穿着都很时尚，看不出城乡差别

拥挤是历史惯性，秩序代表未来
那个让座的人
当然不是出租爱

上去下来都是一种需要
云朵仍须扛在肩上
到了出口
大地扑面而来
还是人头攒动的海洋

街头萨克斯

他不像是乞讨，他的琴声那么优美
他的琴盒翻开，零零散散的几百块钱
有人继续投钱，我也往盒子里投钱

我一边听他的歌，一边看他的神态
那么年轻，那么帅气，那么优哉游哉
他几乎不看围观的人
俨然一副音乐人的境界——
一头飘逸的长发
黑色燕尾装，那么笔挺
几万元的萨克斯，走到哪里
哪里便是一道风景

我被他的音乐黏住，不想走
此时，一位残疾老人站在他的身后
他把盒子里的钱全部给了老人
他说：如果不够我再给你凑

那个弓背行走的人

——写在父亲节

在田间躬身收割小麦

在街上弯腰清扫地面

在手术台前低头拯救生命

在显微镜下观察实验

直直的脊梁

在躬行中展示人生

在弯曲中支撑儿女成长

这就是父亲

这就是那个曾经蹲在地上

让儿女骑马马

自己笑得乐哈哈的人

这就是那个在沉默中慢慢变老

在夕阳下

拄着拐杖弓背行走的人

不再像那散了的风

曾经我们在一起发疯
曾经我们像散了的风
我们在一起仰望星空
我们在一起度过寒冬
我们曾经形影随同
我们曾经各奔西东
跨世纪的重逢燃起校园的梦
青春的葱茏早已消失影踪
那年夏天的彩虹
还在我昨日的梦中
不要叹息脸上的纹皱
一起端起欢聚的酒盅
让我们庆祝重逢，庆祝重逢
让我们再一次发疯
再一次发疯，再一次发疯
不再像那散了的风

我无意中让地球抖了一下

我无意中动了一下地球仪
我只是轻轻地一点
就这一下，电灯泡开始晃动
床变成摇篮，有人开始裸闪
我很后悔，我不该在地球仪上乱点

上次地震的情形又出现在眼前
山体滑坡，房屋倒塌
许多生命出现危险
我知道这与我无关
我还是后悔，不该随便乱点
让宜宾——今夜无眠

我看了看地球仪，和往常一样
蓝色海洋，绿色家园
只是铺满了灰尘，我想擦拭
但我不敢再动，我怕地球再次震动
我只有手捧地球，祈祷平安

可燃冰

在几千米的海底经受高压
无穷的冷，凝练成剔透的水晶
继续现有能源
发光发热，原是本能

谁说水火不相容
水与气的精灵——与火亲吻
便是一枝燃烧的玫瑰
美，醉了人类

美丽的霞幔，引起南海罡风
几朵乌云，遮不住霞光
火炬如此辉煌
必将避开"魔鬼"，再亮东方

火山石

它，比起河里的小石子
被水冲刷，没有棱角，无人过问
只因多了一些故事？

曾经是黑夜的火舌，白昼的烟花
流动的岩浆
动地摇山，摧枯拉朽

而今平静得没有温度
被砌成围墙，垒成花台
铺在路上，握在手里

所不同的是，从地球深部出来
经过特殊锻炼
色彩特异，却并不自重

沙

一

总是被波浪洗刷
却不会永远沉没
偶尔借助风力
也会轻扬
穿越云朵

虽然渺小
谁也打不上眼
但彼此赤诚
只要团结
就会成为一座丘山

二

不知从何处来
也不知到何处去
没有独自的行动
只有对外力的依附

或者随波逐流

浪滔滔

不知身归何处

或者随风飘扬

风一停

就落归尘土

没有丛林的法则（组诗）

农场的野猪

野猪在草地上滚来滚去
比起其它猪，多了一些优待
可围在栅栏内，不能在山野奔跑
听人使唤，不能抗拒挑衅
生命都一样
但凡被人豢养
命运就难以自控
看看餐桌上的野味
野猪一样被宰杀

玻璃窗内的鱼

它身着黄色铠甲，黑色竖条纹斑
它对付大螯虾很有一套
它先咬住其尾，然后咬断其头
使其两只大武器无用武之地
最后将其全部吃掉
想起在海边，一只小螯虾

曾经把人吓得尖叫
只是它的勇敢限定在玻璃窗内
到了大海呢，该如何表现？

虎园东北虎

比动物园大，没有竞争
嗟来之食，消磨了本性
那种狂野呢？那种剽悍呢？
一群群追随观光车
向游客讨吃，也变得乖巧
为了生存，献媚撒娇
模拟的丛林
没有丛林法则
老虎，也不敢咆哮

动物的心情（组诗）

天　鹅

我正用羽毛测试冬天的厚度
那个尖叫的小宝宝
我知道你是第一次见到我
你听说过红掌拨清波吧
今天我的黑爪要开辟一条冰路

大　象

你们来看望我，我很高兴
我这么庞大只占用一个小屋子
我的体量能惹你们开心
这或许是我的幸运
我庞大，但我不会伤害你们

麋　鹿

我本该在海拔的顶端奔跑
我落户首都其实是被迫的

我的美，不在于我的花衣
我的存在与我的善良无关
因为我有鹿角马头驴体牛蹄

金钱豹

我不知道我为什么能够吸引你们
是我身上的金钱，还是像金钱一样的花朵
你们靠我那么近，是你们的胆量吗
我知道你们没有胆量
只因为我被关在笼子里受到约束

红　狐

我奔跑的火焰停下了脚步
我火热的外套仍然散发着温度
我所在地方冬天不再寒彻
我若躲进洞里
你们的瞳孔立即就会失去颜色

2021-02 于北京

红狐狸的魅力

山林中，一只红狐狸突然现身
它的那双眼如同两束火焰
闪现着红色的信号，明亮得迷人
它步履轻盈而优雅
奔跑的时候，充满了韵律

溪水映照它的红影，月光为它披上银纱
星光点点，雾气缭绕，一抹神秘
它轻轻地摇动尾巴，耳朵竖立
那警惕的样子，似乎捕捉到了什么
它突然一跃，像是追逐风中的音符
又像是与山林共舞，彰显一种魅力

它的动作如同仙子下凡
可爱得让人忍不住想抱它一下
可是不能抱。它是山中的精灵
是自由的化身、生态的象征
它在山林中穿梭，划出一道道彩虹
美丽着整个山野，带给人们以惊喜

风在林间低语，诉说着它的传奇

叶在枝头摇曳，为它的优雅陶醉
它的身影如诗如画，如梦如幻
在岁月长河里，留下一道亮丽

它的红，是生命的热烈与奔放
它的灵，是自然的馈赠与恩赏
我静静地凝视，不敢惊扰这美好
红狐狸的魅力，不仅是眼前的美丽
更是心中永恒的追寻，永远的记忆

野牛与狼

茫茫雪原里，它们在对峙
野牛团结一致，做好了御敌准备
狼群协作，注视着目标

它们干瘪的身躯，进了又退
——是在寻找突破口
它们抬起前蹄，甩动犄角
——一副防守的姿势

狼群不再等待，对准最近的一只
前面的扑上去，后面的围上来
白色的荒原
一朵朵鲜红的玫瑰
正在开放……

岩石的命运

在大山深处，它是永恒的
哪怕永不见天日
哪怕和人类没有任何关系

一旦灵魂附体，被钻去某些部分
成了一个人样
同样是岩石，就会有不同的命运

岩石的命运在于它的外表
或受膜拜，或遭唾弃
其实并不是岩石本身的问题

当一个人凭自己的教义
刻成一座雕像，即使再坚硬
也会被时间粉碎

老地方

那时，乡间的小路通向月亮
麦芒连接天空
站在茅屋的门前，可以观看
星星阅读锄把上的诗句

如今，穿行在城市的森林里
头上只有一线天
钢筋水泥铸成的森林
没有绿叶的呼吸
直刺天穹的大厦
限量送来一米阳光

坐在自己的餐桌边
时常闻到别人炒菜的香味
偶尔想寻找窗外的月亮
却传来邻里夫妻调情的笑声

最后的精彩

《瑞士达人秀》现场，柯琳素描表演
她画出了白发评委的轮廓
再变成女评委的样子
可是接下来的画面有些乱了
女评委亮出了红灯
其他评委相继亮起红灯
白发评委最后也亮了红灯
柯琳知道她已经被全票否决
但她还是坚持画完
当她把画面倒过来撒上白粉时
评委们惊呆了
第三位评委的画像栩栩如生地出现了
全场一阵阵掌声
评委们面面相觑，不敢相信
全世界见证了——这最后的精彩

纸马的价值

——根据新闻图片而写

他站在楼顶上，准备结束一段烦恼。
特警赶到，竖起一条长长的横幅：
"请不要跳楼，你老婆同意你继续当诗人"。
并在话筒里反复播放。

原来老两口吵架：
问：诗能当饭吃吗？
答：当然不能。
那你写诗干嘛？
你一辈子写诗，活着还有意义吗？
这让我想起一个故事——

徐悲鸿问马贩：你这一匹马多少钱？
马贩答曰 5000 元。
"我用我画的马，换你一匹马行吗？"
马贩气愤：
"休想！你的纸马岂可换我的真马！"
马贩哪里知道，
那幅画价值 6600 万元。

对于一个不懂得艺术价值的人，

说什么也无用。

他懂得的无非就是吃饭。

虽然吃饭是很重要的……

2018-11-29

午夜，行走在大街上

一对情侣走在我的前面，很随意地
扔下一个易拉罐。一声滚动的闷响
引起我的注意
我看到他们手挽着手，十分亲密
光鲜的衣着散发着迷迭香气

旁边的垃圾桶正闲着，没人管它
一个习惯动作，也许没什么错
只是时尚的外表与行为形成反差
只是干净的街道多了一粒残渣

我想起在伦敦，一个三岁小孩踮起脚
往垃圾桶里扔果皮，第一次没扔进去
捡起来再扔，直到扔进为止
此时他妈妈给他竖起一个大拇指

像踢皮球一样，我一脚踢响易拉罐
宁静中的响声，让他们回了头
我捡起易拉罐，慢慢地放进垃圾桶
我想让他们看到我的动作，不过
也许他们以为我是一个清洁工……

台　风

海浪呼啸而起，如骏马奔腾
所有的树都鼓足了勇气
迅速响应
高楼飘摇，窗户发出轧轧声
狂躁中，迎来陡峭的闪电

明月被海浪卷走
树枝披头散发
瑟瑟发抖
豆秆倒伏
田园，一派寂静

古旧的房子趴下了
漂浮在水中的房檐
随波逐流……
灯光晃动，几声犬吠
寻家的人，浮在水上

大雨登场

热浪，在脚下膨胀
太阳不再是主角
一场大雨登场
城市翻滚水浪，楼宇浮于海洋

看海的人站在天桥上
一把伞牵着雨脚巡航
汽车与水流赛跑
沿着交警指示的方向

夏季的热情已经释放
水域开始扩张
那个在街边淘坑的人
讲解过海绵城市的良方

他说，城市有了海绵功能
想看海，只有到海边去
是啊，现在天天看海
楼底的人如何抵挡雨的脾气?

立秋了

热浪招惹的雨，此伏彼起
城市在海中飘摇游荡
漂泊的汽车是海中的舟
夏季的另一种风光

雨，让高山有了新的欲望
山坡跟随雨化为泥石流，所到之处
带走一片翠青，在山谷扎起一个水库
洪水乱窜，对抗山民的锄头铁锹

立秋了，一切都将过去
热浪，水浪都在退潮
城市将恢复既往
怕海的人不用站在水中央

我也不用躲在林荫的背后
秋风将给我一片清凉
心灵的安静，可以解读最后的蝉鸣
放眼田野，已是一片金黄

梦　魇

一只鹰领着我同飞
鹰俯冲，把我带入深渊
白色烟雾，掩盖一个阴谋
我始终不能冲破牢笼
身子坠入湍急的河流

岸上是穿铠甲的骷髅
举起大刀，阻断了出逃的路
洪水涌来，压住我的翅膀
我用力挣扎
无法摆脱水浪的追赶

危急时刻，突然被鹰托起
彩虹出现了，深渊越来越远
翻过一道蓝色的堤坝
又是一片乌色的天
鳄鱼张牙舞爪，我一声尖叫……

大凉山之叹

十九个鲜活生命
跨越一千公顷火焰
风力陡增，风向突变
西昌森林之火
重复去年的灾难

火焰，不认人情
火焰，不认风俗
在同一个地方跌倒两次
我们想到了什么？

疏忽，葬送了逆行者
责任，悬挂在墙壁上
如果肩上扛着泰山
如果眼睛洞察幽微
大凉山会少许多春殇

春分时节

悠然的玉兰靠近春天的窗口
气色开始憔悴。寒风塞满了庭院
屋檐下的燕子在静听门帘的春吟
一只杜鹃，发出哀鸣
跳跃在树枝上，影响着人们的心情

终于可以出门了。春的脚步
停留在前山的烟岚中
与庭院中的玉兰花呼应
花儿都快谢了，寻春去
安慰一下过时的心灵

借一只木船，独自面向远山
看看逝水，有没有春的流芳
无人赏识的岸柳懒懒散散
已经招不回过半的春光
逝去的春光
没有推倒嘴上的防火墙……

命　运

一枝花
昨天还在山头摇摆
今天却从一个人的手中
漂向大海

一只羊
昨天还在村口鸣叫
今天
却在锅里鼓泡

一个人
昨天还在台上讲话
今天却出了车祸
再也不能回家

一棵树
经历千年风雨
却依然枝繁叶茂
像一把大伞撑起

无柄的刀

一封远方来信
像一把无柄的刀
握住刀的锋刃
心有些疼
字迹，是刀上的血滴
分量，像寺庙的古钟
让岁月来封存它吧
信中的血
已经没有必要流出
刀在岁月中锈蚀
但没有钝化其锋利
送刀的人
从刀影中消逝
握刀的人
还是只有心疼
血何时流出
岁月没有给出答案

大树的反思

在那片静谧森林的深处
有一棵参天大树，枝繁叶茂，高耸入云
鸟儿在枝头欢唱，松鼠在林间舞蹈

然而，这棵大树却不喜欢嘈杂
它关闭了自己的耳朵，拒绝外界的声音
它的叶子开始变黄，树干也开始腐朽

有一天，一场暴风雨袭击了森林
大树被吹得东倒西歪
叶子纷纷飘落，树枝也被折断
鸟儿和松鼠都离开了它
它感到异常孤独，寂寞如藤蔓缠绕

这时，一位智者如晨光降临
轻声说道："唯有倾听，才能重生"
大树开始反思——

它打开耳朵，聆听风中低语
敞开胸怀，感受鸟儿编织的歌
终于，大树又恢复了往日的生机

新叶如翡翠般闪耀，树干如磐石般坚固

鸟儿和松鼠重回它的怀抱，森林再次充满生机
它终于明白：风声、雨声、鸟儿声
都是生命最深的教益、成长最真的声音

同在屋檐下

小燕和小鸡在同一屋檐下生长，
一天，小燕欢快地对小鸡说：
"春天来了，我要飞翔！"

小鸡回应："你出了窝谁还给你吃的？"
"我妈妈说了，今后的生活就全凭这双翅膀。"
小鸡沉默不语，心想：
我也有双翅膀，可为什么不能飞翔？

屋檐下，小燕展翅高飞，冲向蓝天。
小鸡望着那远去的身影，既羡慕，又迷茫，
它一次次试着拍打翅膀，却始终不能向上。
是命运捉弄，
还是自己没有理解翅膀的力量？

同在屋檐下，
小燕找到了属于自己的向往。
小鸡却仍在原地徘徊，
思考着那无法触及的远方。

千万不要欣赏她

不要被偶然的秋波所吸引

不要因一次谈话就奇葩

她是一个谜

秋波是常态，谈话是姿态

当你的欲望高高悬起时

她会把你当傻瓜

让你追求，让你付出

让你的脚踮得发麻

然后说：你的努力还不到家

你去欣赏一枝花吧

花会让你潇洒

你去欣赏一个艺术品吧

比如维纳斯——会美得让你惊讶

你去欣赏宠物狗吧

狗会向你摇尾巴

千万不要欣赏她

如果你的魅力还不够强大

甲子答友

回想往昔，没有峥嵘岁月
只有蹉跎流年。而今——
在夕阳的余晖里挥霍梦想的青春
五洲留足印，大洋有身影
体验极热，感受极寒
在极夜寻找光明，在极昼寻思黑暗
接触不同肤色，感觉不同语言
和金发女郎跳舞，与碧眼小伙共餐
黄皮肤里渗透了蓝色悲欢
环球多奇观，宇宙之浩瀚
不计得失，不言旧事
拒怨怼于遥远，度生活如"春晚"
长河连绵，时光荏苒
眼睛向前看，心胸自然宽
偶尔郁闷，琴声为伴
纵有心寒，文字取暖
绿水青山，陪伴一张笑脸
世态炎凉，都在一杯闲茶之间

健身房

瑜伽的禅坐借助音乐
在人的内心筑起一座寺庙
缓慢的高山流水
平静着脑海繁杂的波涛

尊巴的节奏不允许漫不经心
颓废在这里没有市场
一个个脱了外套的美女
任由汗水洗去漂亮的浓妆

跑步机一动不动
搭载暴走一族日行千里
从不沉默的举重器
总有人在此让心跳加剧

在机器代替人力的时代
一身赘肉，唯有运动可以消解
健身房——生命的加油站
此间连接着梦美的世界……

养鱼的故事

我养了两条鱼
一条红色，一条花色
它们见了我，就张口要吃的
起初，我喂它们鱼饲料
后来，我喂它们足指头
渐渐地，鱼长大了
不想再吃饲料
只想吃我的足指头

它们一直在鱼缸里
对我没有一点威胁
我想把整双脚放进鱼缸
让它们一次吃个够
可鱼缸太小
它们只能啃噬我的足指头
后来，它们有了儿子和孙子
我的足癣
也奇迹般地消失了

辑
四

回望远方的沙滩

汽车行驶在高速公路上

汽车在高速公路上行驶
树木迅速后移
庄稼迎面而去
不熟悉的地名不断出现
来不及细看，又是新的地段
新的视觉新的境界新的起点

一丛银杏蓊蓊郁郁
在疾风中为我呐喊
车到山区，路面起伏，道路蜿蜒
山峰巍峨壮观，大地阳刚凸显
我从这里走向另一种平坦
高峰低谷，风光无限
突然一场大雨，洗净路上尘埃
一路走来，一尘不染

导航，指明方向
远行，并不为难
无论你到哪里，路径清晰可见
鲜花开满公路，前程似锦，幽香不断
风景如画，一练尽穿

自驾游，可以随时捕捉新景观

让人生少些平淡，多些震撼

锦江闲观

水，从天际而来
成为野鸭子和鹭鸶的跑道
桥下挂满了鱼竿
溜鱼的竿子吸引了众多的人

左右两边立满了高楼
这与约瑟夫发明了水泥有关
茅屋早已看不见了
即使有也是稀罕的古风
灯光开始闪烁，变幻的光彩
代表着现代文明。这要庆幸
电和电灯走进人类生活

一条鱼躲过了鱼钩
引起一阵唏嘘声
新修的一座大桥被灯光照亮
桥上还没有镶满脚印
飞鸟把希望带到彼岸……

唯一永恒的是绿色和水

穿过喧嚣的通道，就是新城湿地
一种耀眼的绿，浸染心田
不是阳光照射绿林
是一片湖夹杂一片海的闲淡

芙蓉海，是水的精灵
湖岸因此而飘逸
白鹭飞翔的踪迹
加深了湖与海的关系

一切都很自然。假山不假，竹林有声
绿油油的草坪上，广阔的天空
放纵着情侣的倩影

城市肌肤在时代的光芒中秀美
告别了斗地战天的日子
春风书写的愿景，在花海中明媚

北川新貌

那些破碎的泪水已经沉淀
唯有破碎的砖砾成为沉痛的见证

一切都在重生——花朵、河流和鱼
高楼和新村隐藏了墓碑的阴影

一丛丛芦苇迷恋着风的追随
河流恢复了原有的平静，流水清清

群山还是那么巍峨。那安然的样子
好像什么都没有发生

学校传出琅琅读书声。那些茂密的花木
轩昂的楼宇，早已掩盖了大地的沉沦

麦田展现了天空的辽阔。一切都是常态
只有野菊花记得当年痛苦的呻吟

登八卦亭

落在山中的阳平观，整容后
掩盖了地震的破碎流年
茶杯里的春色散布在郊野
山花独自鲜艳，禅意在空中弥漫

一幅新画面，代替了凄惨的往昔
灾难已经久远。一条大道直通都市
我站在八卦亭的最高端
从记忆的碎片里看到时代的斑斓

正是春笋破土的时候
竹枝冲破冬的压力，拽住风尖
与道为伴。道——在四月的枝头
一天天高攀

观外，一排排汽车等待主人抽签
缭绕的香烟，散发着满满的心愿
那人抽了一支上上签
签文上，红霞冉冉……

桃坪羌寨① （组诗）

（一） 羌寨

这个村寨没有文字
只有阳光照耀下的一堆活化石
古城堡的地道里
有两千年的历史源流
石头垒筑的村寨
举起羊角的图腾
从刀耕火种的游牧走来
在大山深处
奏起一曲动人的羌笛

（二） 碉楼

曾经是一柄插入青天的利刃
而今，爬上最高层
也见不到白石映照的血光

---

① 桃坪是川西一个著名的羌族村寨，始建于公元前111年。寨中的碉楼、地下水网是世人瞩目的精华建筑；村中百户人家互联相通，被称为"东方古堡"。

遥望远方
九黄山绝壁上的栈道
泛出清幽的古朴之光
缘岩凿孔，插木为桥
让一个游走的民族
在历史的绝壁坚强站立

（三）锅庄

夕阳的余晖浓缩成一团不灭的篝火
青稞与月光发酵
酿成一曲欢乐的锅庄
举起一碗咂酒
面对羌人的热忱，在祝酒的歌声里
还有什么理由不肯畅饮
你看——
一只夜鹰飞来
那份喜悦被歌舞与酒香填满

上里古镇

独眼桥静卧，青苔爬上石阶
瞳孔里，盛满天空的蓝
和云影的徘徊
王朝的泪，早已渗入桥墩
在砖石里结晶成盐

吊脚楼的倒影，被鸟鸣啄碎
涟漪荡开，茶香漫过水面
青蒿与溪声缠绕
绿意爬上裙裾
苔藓在霞光中明亮

石板上，拓印着往来的足迹
深浅不一，都是时光的刻度
暮色里，灯光次第亮起
暖光漫过青瓦
漫过街巷
漫过归人的肩膀

风起时，老街的琴音
在溪水中荡漾

历史，在青蒿的香气里
轻轻摇晃。而我的脚步
正踩碎一片月光
落入桥下的流年
成为另一滴，凝固的盐

三岔湖遇雨

刚刚还阳光明媚，转眼就是雨
湖面上，万点银针坠落
那个摆渡人，似乎对天气有预知
箬笠低垂，试图阻隔——
头上乱珠跳跃的交响曲

游人的伞，被雨锋穿透
雨来得太突然
即使逃离，也来不及
一个个落汤鸡
成了少有的看点
在雨中狼狈，却也显活力

雨停了，一切又是那么安静
亭子里，写生的小伙子，格外舒心
他的画面上，雨还下个不停
那个摆渡船是他笔下最美的风景
定格了瞬间，也留住了永恒

邛海记忆（组诗）

午后的阳光

阳光洒在湖面，反射在
三角梅的花瓣上。迷人的色彩
让时光显得短暂

一个中午，一杯茶，一枝花
在邛海边上，在柳荫之下
一派宁静
湖面的鱼儿时往时来
无数的鱼竿挥洒着满心的期待
此时语言已经多余
只有无声的动作
才能把沉淀的心情掀开

午后的阳光瞬间过去
它悄悄点燃的邛海之爱
被一抹霞光收起

邛海的天书

阳光送来海的天光云影
树与花的距离浮在水上
我是水中的一座山
飘在空中

其实我在读一本天书
神秘而幸福
但阳光不让我从容
匆匆而去，所有美景
瞬间消失
阳光啊，你别动
一本写了十年的天书
难道不让我好好地品读

岁月的天书在邛海
邛海的天书无故事
只有瞬间的阳光
从湖面掠过……

站在小船的前端

—— 游三岔湖

静静的一只小船
慢慢驶向湖心
星星点点的小岛，把一片宁静
撒在波光粼粼的水面

野鸭低飞
偶尔与跃上水面的鳜鱼对嘴
在平静的湖面溅起涟漪
快艇飞驰而来
一串白浪，腾空而起

那边是月亮岛
一抹草滩，绿色的草毯
小孩在上面打滚
我曾在那里把琴弹

宛若龙形的湖岸
盘根老树撑起遮阳的大伞
裹得严严实实的垂钓者
品味着这里的世外桃源

桨影摇动远处的黛色山峦
人生思绪随着波浪延展
到千年银杏树边走一回吧
带着朋友和老伴……

攀枝花，温暖的花

在金沙江畔的树枝上
扯一片霞彩，回放二滩的回声
一种暖
融入冬的脚跟

不是钢流的温度，不是山峦的煤热
也不是电站的低鸣
倚仗的是阳光，是蓝天
是不可移植的晴朗

云层紧锁的盆地，无法比拟
转眼间
江岸的花——驱走了心中的阴霾
钢城，梦幻般地灿烂

夜宿洪椿坪

梵音跟随月光，沉浮幽谷
冥冥钟声，在山谷回响
从山顶下来，一顿斋饭
消减了疲惫，温暖了饥肠

我在暮鼓声中体验修行
睡梦中，一只月光的手
在翻阅我的灵魂
我的灵魂——是一本涂鸦的书
早已大白于天下
那缕月光在幽谷沉落
梵音浸润着我的头发

当晨钟抬起被崴的脚
痛，是下山的路
月朦胧，路上只剩下
空谷的风
伴随支撑我身体的短竹

面对天梯

我行走在弯弯的山道
崎岖小路带我走过一道道险关
可是前面挂的那道天梯
直插云霄，真让我望峰兴叹

我借助拐杖的支持
用蹒跚的脚步艰难地登攀
那一瘸一拐的样子
真像卓别林的滑稽表演

这时来了几个山民
背上的大块岩石真让人心惊
可他们那稳健的步履
一路挥洒着大山的神韵

他山之石越过山民的脊梁
铺就致富的路一程又一程
如今又要用星级宾馆
装点关山一直到山顶

开发旅游，保护山林

山民用自己的身体
支撑着山上一座座大厦
也支撑着一个个家庭

看到山民在天梯上爬行
再看看那滑竿上的贵人
我手中的拐杖也变成一个问号：
没有山民那顽强的精神，哪能
把人生的险峰踏平？

2003-07 于峨眉山

一只启航的船

山顶一只船，已经有了新的名字——
中国的诺亚方舟
从明代出发，如今漂洋过海
挥斥方遒
把罗城与墨尔本，与世界联系在一起

古老的戏台，焕发光彩
从戏台上走过的人，述说的事
依然挂在老屋的唇边
在茶馆里重新飘摇
寻找新的起点

青石板上的脚印
留下多少时间的碎片
踏着夕阳余晖，听着远古方言
就让石板上的记忆
述说新时代的缠绵

山前的石狮已经等候了几百年
这只小船，借助互联网的翅膀
引来船外人的目光

繁华，像岷江的激流
把历史痕迹，带往各个地方

山乡晨风

一场雨把暑热收拾干净
云层在增长，压住了风的速度
芬芳从山顶而来
走错了方向
在崎岖的小路上停下脚步
山野被花香感染
绿色的禾苗摆动起来
使劲把青春留住

小溪的去向与风相反
清脆的声音，显得自我
与风各走各的路
一切都在沉默
寺院、学校、村落
一切都在动摇
树叶、经幡、花朵
只有一声狗鸣
把整个山村激活

沙丘夕韵

风，把沙丘画成少女的脸
此时的温柔，让春天翘起尾巴
一支鲜艳的姑娘摇动独特的美

流沙追赶时光，牵手沉落的太阳
老去的树丫拴不住落日
圆满的夕阳用鲜血染红沙丘

一只苍鹰飞过，天空开始收窄
风推动沙粒，几块动物骨头露出
不知名的飞鸟为白骨祈祷

越野车踉跄前行，打破黄昏的宁静
身影消失的时候，带走最后一缕霞光
月光下的沙丘除了苍白还是苍白

九寨沟·镜海

浓雾蒙上了九仙姑的眼睛

我一声大吼，唤醒了太阳

撕开层层纱帐，放出五彩湖光

蓝中有绿，绿中有青

原来镜海也是个碧眼女郎

在女郎的眼里

有我的黑发形象

枯瘦的身影，骨气十足地随意晃荡

太阳把浓雾收缩成白色的帆船

端坐船中，扶摇而上

一只小鸟在灌木中嘀咕

我不懂它的语言，但我知道

它在讲述九寨的童话篇章

从帆船的后面，我突然发现

鸟语发出的地方，就是人间天堂

漂　流

坐在轻轻的橡皮船上
把你的心事一起搭上
绿色的波浪一会儿急
一会儿缓，让你感觉
生活在浪尖上

平淡无奇的滑行
正如平淡无奇的人生
急流溅起浪花
却像人生的闪光点
让你无比地兴奋

湍急的拐弯处，流水
湿透了你的新衣，却让你
忘却不如意的琐事
你还一个劲地说：
"好刺激呀，好刺激"

弄潮儿总是不甘平淡
走过急流，走过暗滩
还贪婪地追逐那散碎的

夕阳。流浪的人呀
又何必担心落日的余光
被捷足先登者流放

时光跟随着流水
流水带走了欲望
关上心灵的门窗，不正像
那飘然而逝的落叶
自由自在地
随波逐浪，漂泊，流荡……

2002-07 于小三峡

三峡抒怀

我站在船舷上，蒙眬的醉眼
追随洋洋东去的波浪
身着白纱的神女，就在我的身旁
我好羡慕那赤脚的山里娃
用双手梳理着神女的散发
抚弄着神女的脸庞
我好羡慕那漂流的少年
脚踏竹筏悠悠扬扬
湍流峰谷一掠而过
一片晨曦披在身上
我好羡慕那光胴胴的渔翁
用网过滤往日的贫穷
用篙支撑落山的夕阳
我站在船舷上，蒙眬的醉眼
洒向江面的月光
我想寻找淘尽羽扇纶巾的余波
却迎来圆圆秋月格外明亮……

大足石刻

凿刀在晚唐的锁骨上生根，暗红砂岩
分娩万朵莲纹。一尊断指菩萨与苔藓
对坐千年，氧化的金箔接引锈月
石胎深处传来錾子坠落的回声

魏晋的蝴蝶撞裂了宋代的碑刻
养鸡女撒下的稻谷，正裂开绿壳
露水在鸡鸣时凝成青铜项圈
石磨咽下三更的米，陶罐装着盐
平凡清晨举着石缝里沸腾的指纹

那些虔诚仍在拓印经卷的皱褶
青铜筋骨在岁月裂缝里生长

当铜钱在蒲团边长出新绿的戒疤
彩塑瞳孔突然收缩——
鎏金的暮色从宝顶山裂缝涌来，将许愿声
冲刷成悬垂的砭石。叩拜者成了
倒悬在岩层里的根系
而石缝渗出的叹息，正长出乳牙

歌乐山感怀

群雕上的英雄在九天悬起了太阳

春天的阳光早已融解了洞窟的阴冷

一个信念，在烈火与竹钉中

结束了风刀霜剑的时代

血写的文字，依旧

闪耀着拯救民族的光芒

先驱者的足迹啊

后辈人航行的方向标

接过奋斗者的征帆

只有摒弃个人私欲，才能

驶向中华振兴的彼岸

沐浴阳光的人呀

也要成为播撒阳光的耕耘者

千万不能让硕鼠

偷吃太阳树上的禁果

历史的方向标，将引导太阳使者

向着芸芸众生的目标启航……

黄果树瀑布

一个声音从天上飞来
水的湿润就开始舔我的耳朵
天沉入水中
在我脚下滚落

沉落，因为命运的落差
咆哮，因为沉默得太久
当前进的路出现断裂
温柔的水也会怒吼

奔流
奔流
滚动的银河有自己的追求

带动明亮的星辰
滋润渴望的大地
所有的激情
再也不能蛰伏于心底

孔雀飞来

在山间，静静的湖畔
竹筏上，口哨响起
一只孔雀飞来，两只飞来
成百上千只飞来

跟着她，围着她
她是孔雀姐姐，身着孔雀服饰
她饲养的孔雀遍及山岭
从此有了孔雀山庄

孔雀飞来，人也飞来
这里的山水活跃起来
孔雀飞舞，蓝了天空
人们在竹筏上与孔雀齐舞

孔雀用美妙的舞姿
迎接一批又一批远来的人
孔雀姐姐笑红了脸
也笑热了游客的心……

江南，那把小红伞

细翠的柳丝，遮不住宽阔的江面
一把小红伞缓慢移动
歌声穿过蒹葭，在微风中婉转

不是烟雨时节，不是雨巷油纸伞
烟花三月，江水绿如蓝
一幅水墨丹青的画面正在铺展

小船穿过石桥，女神站立前端
没有丁香一样的愁怨，没有雨巷般的眷恋
听那迷人的歌声
我在岸边等待她回眸的瞬间

歌声越来越近，却又越来越远
船上一支长竿，缓缓地打捞水中的落霞
圈圈涟漪扩散，落霞成了碎片
红点在碎片中消失，歌声还在弥漫……

北京冬日

冰花在窗户炫酷
出门的人都穿了羽绒服
家，一直很温暖
风，正在实施冷暴力

突然的雪，改变视野
大地如此纯净，不见尘埃
枯萎的枝丫挂着花朵
枯草失去形态

阳光依然明媚
蓝色天空，白色大地
一幢幢红楼
顶上朵朵白云

黄昏的声音被风吹散
厚厚防寒帽，斗不过风的挑衅
耳朵是直接的受害者
心中的梦，用来取暖

漫步卢沟桥

一缕清风拂面，我从桥上走过
五百头狮子昂起骄傲的头
迎接我的到来
古老的石桥挺着坚强的脊梁
托起我瘦弱的身子
那块御笔碑
让我感到祖先与我同在
也让我想起历史的盛衰
一座桥的文化和历史
在桥头石书上展开
那些弹痕，是历史的见证
我用手指轻轻触碰这些伤痕
仿佛触动了历史的悲哀
我轻抚着栏杆，极目眺望
河水荡漾，燕山莽莽
古桥正以独特魅力走向世界

延安速写

高耸的宝塔山，看似熟悉
其实没有记忆，记忆在窑洞里
许多人曾经向往这里，我母亲
就是其中之一。但她的愿望没有实现
她一直表示遗憾
山上的红叶在表达秋天的热情
两岸的柳枝飘扬得很轻盈
那个赶羊的老者，把一曲陕北民歌
抛向天空。响亮的声音荡起延河的水波
那边，窑洞顶着厚厚的黄土
绿油油的梯田铺满黄土坡
红叶似火，火满沟壑
夕光照着我，也照着南来北往的人
他们昂首挺胸地走向窑洞
又昂首挺胸地离开宝塔山。那气息
让我想起母亲的心愿
我用历史的望远镜把宝塔望了又望
宝塔正穿越乌云，指向蓝天

广州，夜的梦幻

午夜，繁忙的大街小巷一时空空
柳枝在夜幕下昏昏欲睡
满街花朵，月色朦胧
白天喧嚣的高楼大厦，此时沉默不语
没有蜂鸣，没有蝶舞
只有飞蛾扑灯，一次又一次冲锋

夜幕下的都市隐藏了它的热情
一切都在沉寂中
小蛮腰高高在上，仰望的攀爬者
一步步向月亮靠近
他的动作是那么从容
他的顶端，依然夜色重重

梦想的瑶池，缩小在珠江的游船里
天河斑斓的时刻，牛郎和织女
不，应该是吴刚和嫦娥
上演一场高处不胜寒的梦幻游戏
月光照在浪花上
梦幻的时刻谁也不知未来的悲喜

长梯高耸广寒宫，谁人能与吴刚同

当太阳再次升起，城市苏醒

燕舞莺啭，梦影空空

昨夜的瑶池变成一片浮云

谁还记得那个小蛮腰上的追梦者

一步步攀爬，最后的行踪

海南，菠萝蜜

来海南多少次，第一次发现这美果
一见就情不自禁
品尝一口，甜蜜足足持续了六十秒
一个特别好的心情，就此产生

这一天，是我六十岁生日
买了一个蛋糕，价格是六十的逆向数字
从六十逆推到十六，中间多少苦涩
在此刻都化成了菠萝的甜蜜

手捧菠萝蜜仔细端详
外形刺齿若甲，果硕大，肉丰盈
丝丝嫩肉，香味诱人
甜蜜的汁，驱散心中的浮云

如此美果，在我生日发现
这特殊的甜蜜与我的甲子有关
原来，这傲慢的外表
掩藏着内心的柔美与甘甜

邙山遣怀

登上浮天阁，一望天下
感慨万端。我也想找一点英雄的感觉
两手叉腰，畅望远方
可我胆小，怕掉下去开一朵红花
只好从山顶再回到山脚

在炎黄雕像面前，感觉愧对祖宗
一事无成的我想和"两英"牵手
一起寻根。可是我行吗？
这不过是一个草根的痴心
或许不是妄想。金瓯无缺，人之共望

我也是母亲哺育的孩子
当然想触摸一下母亲的肌肤
可我不是史学家，不懂得黄色乳汁的故事
形象渺小的我，与白色母亲雕像
是多么大的反差……

那年，游太昊庙

葱郁的绿色甬道
铺开两地人的脚印
把蜀文化与中原文明
串在一起

连理枝下，一对新人
留下牵手的照片
为两地叠加的脚印
做了最好的诠释

走出太昊庙再一次回眸
从三千年穿越向现代靠近
在那个土堆前想起造字一说
就足以让人久久沉思

从远古回到现在
川豫之缘，谜底已经揭示
穿越千里
是霞光照耀下的盛宴

豫乡老屋

走过绵长的小路，便是乡下老屋
岁月悠悠
一堆玉米在咀嚼往事
院子里堆满了丰收

墙上的老照片折射人生的背影
这是主人的根
不需要撩动心弦的忆旧
每遇大事，回乡走一走

一丛荒草，为神秘故事
打了一个结，一种心事开始停息
炊烟，牵引一串脚印
田野在季节的轮回里翻新

一阵鞭炮，打破乡村的宁静
家祭，是最美的风景
风，梳理着回乡人的衣襟
话音里，都是浓浓的乡情……

中州夜色

夕阳勾勒的乡村，在原野消失
麦田，藏到夜的幕后
田园前台的大红椒
仿佛是月亮的眼睛

芦苇举起月光的旗帜——
水榭亭台，在夜色中挺立
牛羊声，从远处的地心发出
寂静在叫声中扩散

风，送来麦苗的气息
星星坠落到湖泊
湖，是一面磨亮的刀
把城市切成两半

一半被高耸的楼房托起
一半在沉默中呼唤明天
一团红花向天空祈祷
水城在朦胧中向我走来

开封菊展

又一次遇见美丽
那千姿百态，那绣球团团，那细绒丝丝
静静地连着太阳的根须

绽放绮丽的色彩，只为你片刻停留
摇动一缕缕清风，只为你瞬间欣然
静静的，不需要语言
那一抹地面流云，那一眼湖的斑斓
让你感叹：
此地美景不胜收
直把汴州作杭州

啊，不要误会了古城的美意
那是中原大地
为你的到来，精制的七彩羽衣

在松花江畔

疾风过后，气温直下
昨天还是短袖，今天就是羽绒衣
我不敢与天斗，不敢在霜风里扎根
只有从五谷杂粮中攫取温暖
在一杯二锅头中让骨头淬火

浅滩上的绿头鸭对冷无动于衷
在适者生存的法则下
我不想被漠北的传说挡住南下的去路
满地的落叶告诉我
我与太阳岛只有几天的缘分

候鸟开始南飞。经历了严寒冰天
它们不需要一场雪的指引
要纵横经纬，只需一个飞行的动作
而我的梦已经过期
一块太阳的光斑，被冰雪抹去

哈尔滨冰雕

如此晶莹剔透
房屋，广场，城堡，透明的人
五颜六色的灯光
如幻如真

仿若天外。在另一个天地
我也站成冰雕
灯光下
成为唯一不透明的装饰

美，胜过一场梦幻
寒冷雕刻的世界
让血液沸腾。冰城
撩动我的神经

什么是冰雪聪明
什么是冰心
我终于找到了答案
原来，都是水的晶莹

雾　凇

雾和树耳语，说着说着树就白了
雾停了，树白发苍苍
雾唤醒太阳，太阳与树握手
雾悄悄溜走
雪地上，蓝天下，树丛中
来来往往，走着几个红衣女子
一串脚印，连接白茫茫的凇

风与太阳同谋
梳理着树的银丝秀发
几片云朵在树枝上徜徉
此时，天之蓝和地之白
格外分明
田野间
一个黑衣老人望着白茫茫的大地
像一座快乐的雕塑
丰收——在他眼中闪现

雪地激情

光腚小孩，一支移动的烛
头上的红色，是燃烧的火
冰窟里追鱼的小伙
魔术表演得很轻松
从湖底拽出一瓶啤酒
一饮而尽
雪橇支撑的飞人
在天空旋转
红色裤衩，格外耀眼
更耀眼的是——
一盆雪，从头浇到脚
瞬间变成圣诞老人——
这是美女们的行为艺术
树挂了雾凇，白色火焰
伴随着一场雪仗……

长春净月潭

水润眼睛，一次彻底的透析
过往的记忆，沉入水底
心与碧水一样纯净

路边的风景从天而降
钟塔、山峦、人群和我
映在水中

站在木桥上，看松鼠召唤童年
让野鹤引发飘逸
微笑定格成一朵花

净月潭，我短暂的伴侣
明镜般的黄昏，与我擦肩而过
苍苍芦苇，是我散发的心情

长春雕塑公园

这是立体的画卷，一个创意
让一块石头活起来
从刀斧的痕迹里透出气节
如此别致，如此栩栩如生
我向雕塑家致敬

我与《思想者》交流眼神
从他的沉思中，感受一段历史
他的苦闷，让我想起往事
饥饿，狂热，然后沉默
进而解放思想

艺术赋予岩石一颗跳动的心
体温来自游客的血液
"天地之间"，一个细节被定格
一个时间被定格
我仰望的身影，也被定格

这是凝固的思想，包容古今中外
除了美，还是美
然而，让思想凝固成岩石

屹立于世界

需要多少时间的光芒……

草原之旅

碧绿空旷，无边无际，毡房透着乳香
一朵朵白云撑开广阔的牧场。到处是
无拘无束、成群的牛羊
马头琴释放着牧人的心情
悠扬着浓浓的豪放
春草发芽，鲜花盛开
一个音符，一种畅想
那心声心语，恰似
草尖的露珠渗透阳光

骑一匹白马驰骋绿茵地上
在辽阔中辽阔，向着马头琴方向
秦月汉关，古战尘烟
随着遐思飞扬
哼一首长调，悠然于心，放马纵缰
那个美丽的夜晚，篝火熊熊
用手抓羊肉的情景
不时在我梦中
随着劝酒歌飘香……

草原上的格桑花

带色的花瓣点缀绿色风景
风，勾起连绵碧波
波浪搭载的色彩
在黄昏中，淡然而神奇
微澜中的精灵不动声色

无限放大的波浪托起穹庐
时空维度，被鹰叼起
几只蝙蝠传递生命的活力
与鹰共同冲击坟茔的死寂
花朵表现的大自然
以独特方式演绎时空的永恒

逝去与重生都在不知不觉中
扑面的花影托起夜的边际
广阔的天空被月光追逐
悠扬的琴声冲出穹庐
草原上的格桑花，悠然自得

走进牧区

汽车在辽阔的草原上歇息
五彩的经幡就在车旁
风飘动着鲜艳的色彩
鹰盘旋在蓝蓝的天空

天是一张偌大的画
云是画上的一群白马
马踏着帐篷奔跑
牛在草场上观看

整个画面充满了乳香
那一桶桶白色的乳汁呀
原来绿色的草
就是它的底色

白色的穹庐边，酥油茶
拉近了主人与客人的距离
和藏族妹子合影
成了最抢眼的风景

汽车驶向一家寺庙

五色的经幡猎猎作响
一串听不懂的经文随风飘来
几个红衣喇嘛笑得多么憨厚
……

草原冬景

空旷的草原，不见牛羊
只有歌声
草与草根连着根

风，在湖面上跋涉
脚踩着厚厚的冰
雪，与风同行
阻碍太阳穿越湖心

白色的棉被压在大地上
草原没有炊烟
只有歌声

那个蒙古包是天然音响
天籁
连接湖畔黄昏

沙漠的表情

如此的简单，就是几条曲线，伸向天边
如此的干净，就是一行骆驼的脚印，在平沙上面
如此的广袤，好像太阳和我，就是天地的主角

如此的赤裸
一个睡美人
一丝不挂，任你评说

面对大漠，我明白了
天地间原来是如此的
简单
干净
广袤
和赤裸

飞机上观云朵

云朵轻吻柔情的海岸
齐头并进的白马奔腾而来
马蹄下，层层浪花

披着轻纱的舞女
手牵着手，翩翩起舞
脸谱各异，变幻莫测

又是一群美女，静静地躺着
一个个相拥而歇
如同美人鱼，横在蓝色彼岸

远处闪烁着蔚蓝
霓彩的河，川流不息
一幅色彩鲜艳的画，挂在
高高的蓝天上

我望着大海

我望着大海
一味地注视海的彼岸
仿佛我随海鸥飞翔
俯瞰着天地的风云变幻

我望着大海
旧时的炮台若隐若现
仿佛我站上了战艇
正指挥一场鏖战

我望着大海
一阵歌声飘过海边
仿佛我置身激光舞台
金发女郎就在眼前

我望着大海
西去的客轮依稀可见
我的朋友就在船上
地球村落他将走遍

我望着大海

黄色的河连着蓝色的海湾

一把生锈的锁

哪能把它们隔断

1995-10 于厦门

在湄南河游船上

夕光下，一条平铺的霓彩绸

轻轻飘动。彩绸用皱褶推动游船前移

皇宫的辉煌，把传说凝固在天空

佛塔金光灿灿，直刺天宇

太阳从河岸消失

船上的灯光与河面的光影交织

把船上的歌声托起

一位秀丽的泰国姑娘

把一串花环挂在客人的胸前

馥郁的浓香弥漫在船舱

她双手合十的祝福，聚集了闪光灯

她的美貌和善良被无数游客收藏

一座彩虹桥挂在弯弯的月亮上

两岸的灯彩，被桥头勾起

夜色在光彩中铺展，游客陶醉

友谊在欢乐中释放，歌声流淌

湄南河的梦，在心中久久飘荡

在海边体验鱼疗

我的脚在鱼池漫步
一群原生态的鱼群起而攻之
又是亲，又是吻
痒痒的、麻麻的、酥酥的
我的全身开始松散

我家千金，居然怕鱼
迟迟不敢下水
在别人快感的诱惑下，小做尝试
却像遇到鲨鱼一般迅速缩回
成为脚疗场的一个看点

一位老者说，足疗源自土耳其
起初是为了帮助去除脚气
后来才推广于健身
我就是脚气患者
看来今天正当其时

鱼听到赞美，开始戏水生花
我欲与鱼同乐，鱼却跑远了
脚不动它们又来了，真是妙不可言

面向大海，漫步鱼池
心情来自广阔的苍穹

2017-02 于芭堤雅

四方水上市场

河水静静流动，微风轻拂，天空湛蓝如洗
我划着小船，漫游在这片水的部落
游客在船上悠然自得，商品在岸边琳琅满目
商贩们不急不缓，数完钱，递上货物
地道的水上交易，散发着浓郁的泰式风情
仿佛每一笔买卖，都在诉说古老的故事

正午时分，阳光洒满河面，人影稀疏
白鹭轻点水面，又飞上枝头，椰树阔叶随风摇曳
凉荫下，一杯鲜榨果汁，一串烤鱿鱼，一只榴莲
勾勒出吃货们的悠闲与满足
我也坐在高脚木屋的小餐桌旁
用河鲜的鲜美、香果的甜润，唤醒麻木的舌尖

河边的咖啡馆坐满了人，满溢着热烈的氛围
我喜欢与家人同饮一杯咖啡，同听一段音乐
娴静地同享一座廊亭与宁静
在这热闹里寻得一隅安宁，踱步至水上舞台旁
静听佛乐剧的清音，将心灵带入另一种境界

蜿蜒的木桥，纵横的栈道，典型的泰国风景

每一处细节，都在演绎着水上的生活画卷
然而，心底似有一抹空缺难填
或许是那朵睡莲绽放的娇妍
或许是那缕香薰萦绕的暖烟
又或是那首泰谣哼唱的悠然
为这质朴的水上时光，晕染一抹别样的眷恋

夕阳西下，河面泛起金色的波纹
商贩的微笑在暮色中渐渐模糊
仿佛时光在这一刻停滞
只留下那曼妙的舞蹈，在霓光下轻盈旋转
在心里回荡着，久久也不消散

海上，惊险时刻

天空一下子出奇地暗
黑云压在海面上
大海翻起巨涛与风搏斗

一艘载有三十人的小船
被海浪举向了天空
又突然从浪尖滑下来
几声尖叫，一阵惊呼
只有船长沉默，一直沉默
他左一舵，右一舵
躲避一个又一个浪卷
狂风呼啸而来
大雨铺天盖地
海水一次次压在身上
人们开始麻木
有人在交代后事
昏暗中——船长微笑的牙白
给了游客稍许安慰

两个半小时煎熬终于结束
至今想起

那游客，那狂涛，那一只只木鸡

还不寒而栗……

2018-07-07

在普希金雕像前

都说：你是俄罗斯文学的太阳

而我发现，你是我心中的一盏灯

我无意中掉进了诗歌的泥坑

一身淤泥，彳亍难行

而今，在你的面前

一种呼唤，一种渴望

油然而生

你笔下的青铜骑士，就在我的身旁

正给我一种力量

你遥望的圣以撒大教堂已消失在黄昏

我依然能听见轻轻的祈祷声

我也和你一样，站在涅瓦河上

寻找飘忽的精灵——开凿我的愚钝

因为心中亮着一盏灯

在我奋笔疾书的时候

我会从绝望的泥坑，拉住希望之绳

在诗歌孤独的小路上

保持一颗纯粹的心

俄罗斯套娃

一个微笑的姑娘
一个彩蛋的形状
一层层打开，都是一个模样
大如气球
小如黄豆
套在一起，实实在在
排成一排，个个虚怀

一个实在的人
里里外外，表里如一
一个大肚的人
包容他人，如同自己
笑，则从内心笑
美，则从内心美
套娃原理
人生启迪

白　夜

子夜时分，一片云彩
是晚霞还是朝霞，无须判断
霞光之后，短暂的暗淡
就是清晨的前沿
黄昏与黎明重合
夺去了脑海中的褪黑素
寻梦，紧紧拉住窗帘
可是我不会做白日梦
血液里奔跑着兴奋与疲倦
童年那些极昼与白夜的故事不断涌现
那时觉得稀罕，现在让人感叹
身在北极圈边
多么怀念故土的黑夜绵绵
人生就是这么奇怪
一生追求光明
此时却渴望黑暗

悉尼公园的婚礼

一大片草坪旁边
鲜花盛开的时节

五十把小提琴，旋律悠扬
弓法一致

新郎的黑管，压过了小提琴
新娘独舞，像一只蝴蝶

华尔兹开始了
舞动公园的绿叶和花香

我贪婪地看着这一切
镜头移向他们

在菲利普岛看小企鹅归巢

太阳带走了海的蔚蓝
夜幕把海面涂成了深灰色
月亮出来了，沙滩一片银白
风呼呼地吹，和着
海浪的节拍。我们

站在小企鹅回家的路上
风中飘起的头发是期待的记号
顺着风的眼睛凝望，只觉得
无边的海，在月球引力下摇晃
一片小声呼叫——神奇的时刻到了

小企鹅出现在沙滩上
一队队，一行行
迈着蹒跚的步伐
留下清晰的爪印
我们用祈祷的心情
目送它们走向家门

小企鹅在窝里簌簌作声
明亮的月光轻抚它们的嘴唇

婴儿般的小口和少女般的眼神
勾起我们思乡的情怀
我想留下它们的身影
又怕思乡的情绪打扰它们的宁静
……

2006-11-18

天堂农庄记事

没有遮挡的草场，一派宁静
卸了冬装的羊，在草地奔跑
构成夏天的风景。悠然的样子
是敞开胸怀
让太阳晒进内心

桉树上的考拉还在梦中
人们靠在它身边，才勉强睁眼
抱起来，亲一下脸
那个憨相，更惹人爱恋

人气最旺的是剪羊毛
一把电剪，把传统农庄译成现代童话
羊那么温顺，速度那么快
只有亲眼见到
才相信这不是教科书，这是实情

马赛，在演绎草原故事
马上一鞭，切断嘴角上的叶片
鞭响是神奇与勇敢的颂词
闭眼的瞬间，让人刻骨铭心
惊吓的感觉，胜过眼前风景

拉斯维加斯的一夜

把珍珠港作为跳板，从成都
纵身在拉斯维加斯。荒漠、戈壁、野花
成了今夜的下酒菜

黑夜中的一团火焰，演绎"火山爆发"
城市的魅力在沙漠边缘升温
我看到了"岩浆"的誓言
抵挡不住金迷纸醉

霓虹灯下的筹码，为一夜暴富提供了机会
你若放手一搏，那便是流浪汉在向你招手
等待你的是——
空荡荡的灵魂带走呆滞的躯壳

偶尔的"一点式"挑战流动的比基尼
渲染着夜的色彩
旁若无人与目不斜视，都是一种文明
夜，被酒精麻木

荒凉与繁荣都暴露在阳光下
我们是过客，渐行渐远，一尘不染
空旷的郊野引领我们的视线

多伦多的秋色小道

霜风雕刻了一条红色小道
两侧的枫林是红色的
地上的落叶是红色的
落山的太阳是红色的
从小道走过，染红一身晚照

一对老人牵手而行
偶尔相互搀扶，充满爱意
蹒跚的步履在小道渐行渐远
一只狗在后面，相随相依

路边长椅留住一对情侣
他们久久对视，然后合二为一
他们突然分开
男孩把一片红叶戴在女孩头上
像是戴一朵红花
女孩把一片红叶别在男孩胸前
像是别一枚勋章

晚霞落在他们脸上
一枝光秃的枝丫上，最后一片红叶

飘入情侣中央
偷偷分享他们的快乐时光

霜风雕刻了一条红色小道
两侧的枫林是红色的
地上的落叶是红色的
落山的太阳是红色的
从小道走过，染红一身晚照

夏威夷，火山喷发

一艘船——靠近，靠近，再靠近
向着火山喷发的地方
实在不能再近了，水已经发烫

红色的岩浆从山腰直流
山，开了一个口子
山脚岩石滚动
一股鲜红的铁流
直奔大海而来，近在咫尺

水，红流
浪，漩涡
结成巨大的蘑菇云

是谁打开了地球之门？
沉默中的声音
那么揪心
心，再度抓紧……

在布市看探戈

烤牛排与红酒，拉开舞台的序幕

音乐为观众开胃。灯光熄灭，一阵宁静

一道光束引领一个舞蹈

踢腿砍切，甩头有力

欲进先退，似左而右

切分节奏加快，音乐流动着爱恨

若干个小舞台，变换的魔方组合

然后从魔幻到现实

一团火焰在燃烧，一条河流在奔腾

熟悉的旋律，深沉的歌词

"情侣"在台上醉了

观众在台下醉了

一场为爱恨争夺的火焰

给人以自信和激情

酒香恍惚中，舞台充满了迷幻

一阵急促旋转，观众透过光影

看到了港口文化的精彩……

阿根廷湖的夕光

满天的红，落在湖里
是天空还是水？
一样的色彩，难以分辨

火烈鸟逊色了，更红的鸟在湖心闪耀
满满的红，似乎都与这鸟有关
红鸟展翅，在水上跳起了芭蕾
一对对翅膀像一双双弧形的扇
在色彩中变幻

雪峰在水中接受红叶的亲吻
面不改色，白得那么悠闲
晚风吹来，红叶带着我的呼吸摇动
摇出了湖水与天空的界线
此时，云带为山居拉上了朦胧的窗帘

夕光从水面沉入湖底
把白昼淹没
广袤的苍穹下，只剩下孤单的我

南半球的时差

异域的一片云，拉成夜的大幕
天空变得黑暗。婵娟隐去
秋风落叶，代替了故土的春天

昨天，春风为婵娟扫净尘埃
桃花映着月色，白里透红
这是百花争艳的季节
花开的声音撞了我一下

秋天来得太突然。转眼间
站在地球的底端，季节的时差
是南半球与北半球的对立
春天，与我擦肩而过

我想从此返回。可是行程正在进行
错过了花开，只能在冬天叹息
面对着一片片落叶和一路冰雪……

在地球底端

只一次飞行，我掉在地球底端
昨天还是花朵，今天就是果实
季节与出发地相反

夏季的尾巴被黑蝙蝠挂在树枝上
逃离赤道，逃离火海
向南，向火地岛——

雪的厚度一次次刷新纪录
太阳被冰川劫持，只有光，没有热
棉衣做证

一切都被颠覆了
我依然站立
此时，我想起万有引力

2016-04 于乌斯怀亚

泥浆浴

同一种泥浆，包裹不同的肤色
同一个浴池，雕琢不同地域的人
世界在此浓缩了人与人
人与自然的距离

黑眼男儿、碧眼女郎卸了包装
都着泥妆
这泥塑的身材，这迷人的情景
这世界大同的风情！

我的毛孔涌动着潮汐
另一种表情被脚下的体温托起
一种尴尬
被相机摄取

埃及，肚皮舞

飞翔的白鸽落在尼罗河船上

手臂，横着蛇

胸部，流动水

雪白的肚腩牵引游客的眼光

霓彩的灯，异域的歌，手中的酒觞

都在音乐的节拍中动荡

黑鸽出场了，旋转的胯

飘起闪亮的腰带

黑白共舞，魅力飞扬

舞者走向游客

火一样的热情，浇灌肚囊

我在健身房学的肚皮舞

今日派上了用场

在一片喝彩声中

非洲黑、欧洲白、亚洲黄

各种肤色共舞

在金字塔边闪亮锋芒……

这舞动的盛宴，跨越时空沧桑

走进原始部落

走过泥土飞扬的土路，就是
马赛人的村落。身材瘦高的马赛人
手持细木杖，身披红格衫，以独特的姿势
迎接我们
歌舞和欢笑，拉近了
不同肤色的距离

舞蹈，是一种蹦极似的跳跃
马赛人以跳高展示魅力
男人都像刚刚捕获了一头狮子
英勇而快乐的神色可抓可掬
和马赛人跳高，不是我的强项
因为我不明白，跳高
还是博取异性芳心的最美方式

和酋长一样，我手持木杖，身披红衫
接受邀请，进了酋长的小土屋
屋内暗黑，隐约可见中央有个浅坑
三个胶囊似的房间
与酋长胸前和手上那华丽的串珠
形成鲜明对比

荆丛交织的村落边，一只大象
正卷起鼻子向我们行礼
带刺的篱笆保持着和狮子的距离
也传递着和狮子的友好
空旷的草原上
一座座圆形的小土屋，就这样
散发着原始部落的味道

2013-03 于马赛马拉

桌山，上帝的餐桌

一直不见上帝的踪影
今天，终于看到了上帝的餐桌
想必上帝就在不远的地方。据说
白云缭绕，"桌布"铺展
上帝就会在此用餐。为了上帝

每到此时，游客就不能上山
我们来得正是时候
晴空丽日，鲜花盛开，
没有了白云
桌山的真容完全露了出来

山的凸高处，几只蜂鸟正在散步
它们或许是这里的原住户
对我们这些造访者
似乎不屑一顾
悠闲自得地寻找喜欢的东西

桌山松，应该是上帝留下的雨伞
在陡峭的山壁下，一把把撑开
即使不是晴天

也没有人用它来遮挡风雨
成了装扮桌山的又一道风景

在山的北麓，一位老者正盯着大西洋小岛出神
原来，远处清晰可见的就是罗本岛
就是囚禁曼德拉的地方。十八年的修炼
这位黑人领袖，终于修炼成南非人的上帝
这个餐桌，或许就是为他准备的……

南非海豹岛

凸起的礁石，没有树木，没有花草
光秃秃的石头上，成百上千只海豹
密密麻麻。在太阳照射下
光滑的毛皮闪闪发亮

海豹在石头上晒日光浴
怡然自得，好不自在
两只鳍撑着肥肥的身躯
一耸一耸地向上爬
真让人担心它要滚下来

最可爱的是一只小海豹
别看它在岛上步履蹒跚
到了水里就成了游泳健将
一个劲儿地舒展着泳姿
一会自由泳，一会仰泳

偶尔可听到海豹驴一般的叫声
安静的海面打破沉寂，给游人
带来不尽的乐趣
海浪冲击岛岸，海豹破浪而行

最好看的是下水时的矫健

与海豹如此地接近，让人陶醉得分不清
是海豹掀起了海浪还是海浪推动着海豹
最让人眼亮的还有
成群的海鸥穿梭其间……

在海的中央，凸起的礁石上
凸显着生命的活力
回到岸边，黑人奇异的装扮
自弹自唱的表演
更让人流连忘返……

海边倩影

脚板在沙滩上烙印
深浅不一。两行弯曲的足迹
伸向一抹光滑的水滩
夕阳在脚迹上留下阴影

海浪的舌头轻舔海岸
波浪在洗刷阴影，脚印消失
只有一个美人的背影
面向大海，头发飘起

灯塔在水天交接处
与初升的月亮耳语
背影在夜色中消失
又在月光下显影

空旷的海反射美人的背影
月光，灯塔，沙滩
浪涛拍岸
背后是城市的灯火辉煌

大广场与小于廉

广场的哥特式建筑，把我们带到了中世纪
酒吧、咖啡馆、巧克力店，吸引了五洲游客
形态别致的市政厅，彰显着城市的特质
高高的塔楼上，一尊城市守护神雕像
给人以神话般的想象

市政厅内拿破仑的巨幅画像
让人联想到附近的滑铁卢
让人想不到的是——那个天鹅咖啡馆
诞生了《共产党宣言》
一家小旅馆门上写着："雨果曾在此居住"
试图提示这就是《悲惨世界》的产房

广场附近的撒尿小童
卷发蓬松，小鼻微尖，面露憨笑
叉腰光腚仰倾，涓涓细流划出美妙弧线
这是一个毫不起眼的铜像
这是世界知名的小于廉

广场的传说①，让我们连连赞叹：
要不是当年小于廉的一泡尿
浇灭了入侵者的火药导火线
或许，我们就看不到这个——
雨果眼中"最美丽的广场"了

---

① 传说：14世纪时外国侵略军准备炸毁布鲁塞尔这座城市，小于廉急中生智，用一泡尿浇灭了正在燃烧的导火线，从而挽救了布鲁塞尔古城，使全城百姓幸免于难。

福伦丹渔村

大大小小的帆船是海的风景
酒吧咖啡吧，是岸的风光
渔村的宁静，是此时的心情

捧咖啡，吹海风，晒太阳
三三两两的人群慢慢地走
天鹅、海鸥悠闲地飞翔

门庭、院落、窗台，鲜花簇拥
微风袭来，一股淡香
红色的小屋，明媚着渔村
远处的风车摇出一片湖的流光

湖面漂浮着一轮夕阳
一只小船满载五洲心况
正与霞光较量……
岸边，一曲歌声飞向海洋

在大英博物馆

昨天还在麻将桌上挥霍人生
今天就在此地领略世界奇迹
在时间的穿越中咀嚼世纪变迁

灵魂的魔鬼和思想的天使
攥着手中的灵感，留下永恒的憧憬
月亮女神、亚述浮雕、婆罗浮屠佛……
大师之灵秀，犹如亘古的太阳
耀眼的光泽穿越时空
在岁月的长河奔流
中馆之宝——
曾在乾隆案头的《女史箴图》
见证着中国绘画之美和历史盛衰

奇迹岂止馆内。目标指向前方
不知明朝醒来，在旅途的某个转角
还有多少令人怦然心动的时刻……

泰晤士河眺望

白云牵引游船，变成一股风
天空灰蓝蓝的，像西方人的眼睛
深邃而空旷

街边，一簇簇探出篮子的花
五颜六色，展现城市的热情与生机
拐角的咖啡店
夕阳正为各种肤色镀金

一把吉他在桥头谋求精神需求
几支风笛在河岸展示心声
他们的头发飘起时尚的音符

古老的建筑与伦敦眼交相辉映
历史与时代交汇成耀眼的浪花
故事源远流长
愿景随着琴声飞扬

伦敦眼

没有多少摩天大楼
没有几处灯红酒绿
这鸟，这草坪，这世界名城
大本钟、塔桥、白金汉宫
在述说什么？

此时，天空很蓝
我的眼睛依然是黑色的
和蓝眼睛一起
观看天鹅起飞
夕阳西下，云彩下沉

视觉旋转 360 度
我被月色放大
一个步伐，一个身影
一个东方人眼睛的河水里
有没有鱼……

温莎城堡

古堡高耸于无垠的苍野
一次大火，近千年的皇室原貌
浴火重生
城堡内，贵族精神依然放射
与此有关的人嗓门都很轻

一段倾国之恋，闻名于世
爱美人不爱江山的爱德华八世
打乱了皇室的节奏
权力美梦的碎片
托起一个传奇的故事

一只天鹅在城堡上空盘旋
宽大的翅膀驮着蓝天
风，吹乱了我的视角
我辨不清方向
仿佛被天鹅叼着，追赶一只云雀

风停了，天鹅落在草坪上
与野鸭私语，嗓音也很轻
我依然在原地，不敢大声说话

我暗自猜想
难道它们也有贵族精神?

一个季节从天鹅的翅膀上划过
春天过去了，夏季开始升温
我望着古堡沉思
想象古堡燃烧的样子
像不像火炬立在山顶……

温德米尔湖

山麓，白墙斜顶的农舍
飞翔的白天鹅，苍翠的草坪
在缎面般的湖水中
绘成一幅未干的水墨画
画家是风雨之后的宁静

上帝在这里打了一个逗号①
有人说：人生最忘忧的
是在这里做羊群的一只羊
而我是天空的一片云
偶尔飘在了逗号的中央

区别从此地开始而不是结束
我的护照上已经盖上了异族的印记
我不能像一只羊在这里吃草
也不能像一只天鹅在这里飞翔
我还是我：包括年龄、财富②和样貌

---

① 湖的形状像逗号。
② 英国诗人济慈曾说，温德米尔湖能"让人忘掉生活中的区别：年龄和财富"。

曾经是诗人忘记自我的地方
没有大海波涛，没有红尘喧嚣
而今成了"最美的风景"
我徜徉在美景中
却难以找到属于自己的诗情

泰坦尼克号博物馆

一百多年前永不沉没的故事
至今绚烂
那些上等舱的绅士——在最后时刻
诠释了绅士的内涵

等级，从船票开始
平等，从生命开始
面对救生艇，唯一的信念
只有儿童和女士优先
世界首富让位于农家妇女
单身女士让位给孩子母亲
男士们面对死亡敢于承担
这是一次人格的考量
这是一场信念的考验

那个男扮女装的东瀛人
没有被海水淹没却被唾沫淹没
没有人格的苟全
岂能如愿

沉没的物品把大爱从海底捞起

如同一粒粒种子

从这里撒向人间……

2017-06 于北爱尔兰

巨人堤

这数万棱岩柱，包含了多少秘密
那么规整，那么奇异
当然有传说，但不知该信哪一个

是云崖伸出的笙管，面对大海
演奏涛声依旧的歌
是上帝在此玩了拼图，留下遗迹
感受岁月永恒的抚摸
是女娲补天，那输送石头的神臂
在此推动太阳东升西落

六千万年前，从火山口跃出
四万根六角棱柱，组成八公里的海岸
把大自然的神秘刻在了人们的心窝

其实，更像是历史巨人
举起鸣誓的手，借助海浪发声——
守护和平的信念永不挪

卡里克索桥

在山崖间荡秋千，海在咆哮，风在撕扯
穿过鬼斧神工的岩壁，我摇晃在木板桥上
对面，立在海心的小岛
任凭海浪冲击，岿然不动
眼下，绳子和木板摇晃
坠落一声声惊讶
身体被巨大的洞穴牵引
我的记忆里，又多一道风景
青草悠然，一簇紫红色的鲜花
为我鼓掌
临别时，我想起了什么
心正闲适
突然，海水张牙舞爪
狂风从耳根穿过……

2017-06 于北爱尔兰

龙达悬崖山城

一道峡谷，将岩石切成两半
雄壮的岩壁上，站立着威武的斗牛士
——那是大自然绝美的雕刻
湍急的瓜达莱文河穿越峡谷底部
波光粼粼的水面舒展着山谷的静谧

松海林涛间，秃鹰盘旋在山脊上空
宽大的翅膀托起蓝蓝的天
岩壁上的金色冠蓟、红秆肉茎、黄色仙人掌
在微风中摇头微笑
紫红色珠宝盒一样裂开的豆荚
向人们昭示一种莫名的美妙

一群白色小屋立在陡峭的悬崖之上
悬崖的对面还是悬崖
两侧的白房子呼应着山巅上的浪漫
人迹罕至的宁静已经成为过去
所谓最适合恋人私奔的地方
恐怕再难成为青春梦幻的向往

哥伦布广场

科林斯柱式纪念碑，刺破苍穹
历史的回声，在石板缝隙轻轻回荡
航海的梦想与探索的热望，交织如云
谁能料到，那看似偶然的赞助
成就了伟大的发现，绘就一个人的梦想

国土的版图，扩展到大洋彼岸
历史在此凝固，把一个时间切面举向天空
先驱者的足迹，只因勇敢的一步，便成为英雄
大炮凝成的塑像，把荣耀推向了极致
一个又一个传说，为英雄编织故事
把探路的航海，染上传奇的色彩
地圆与地平之争，似乎因此有了定论

此刻，飞翔的鸽子啄食历史的碎屑
铜像手指的方向，诉说着往昔的辉煌
辉煌与沉默并存，历史与现实交融
暮色笼罩，铜像在余晖中挺立
如历史的守望者，诉说着人类逐梦的诗行

站在海轮的前端

从风的十字路口，破浪前行
厄加勒斯角、好望角依次而过
穿过一个个风暴。风从哪里吹
就往哪里走。用一个轮回丈量地球
前面就是港口，不要靠近
那头蓝鲸，帮我传递一个口信
我是东方的使者，是活着的郑和
迪亚士，你在哪里？
哥伦布，怎么没见到你？
在这风口浪尖，需要你们陪伴我
发现新大陆，命名好望角
这些有什么了不起
当今世界，谁不知道当年的郑和
无论南极北极，都有我们的足迹
那企鹅，那海豚快来引航
不要返回，继续前行
风浪再大，我也不怕
我是当代的郑和，谁来与我同行

埃武拉人骨教堂

墙壁上——人骨整整齐齐，密密麻麻
构成一幅幅图案，令人毛骨悚然
柱子上——头骨作为装饰
眼眶鼻孔——面部的三个洞
放射着阴冷
脚步沉重，不敢向前

祈祷，虔诚地祈祷
在祈祷中让亡灵安息
在祈祷中让恐惧消失
历史的画卷在祈祷中展开
生存与未来，重新思考
珍惜和平，珍惜眼前
愿人类
向瘟疫与战争说声——再见！

2017-07 于葡萄牙

罗卡角断想

（一）

虔诚的十字碑，是人类对于自然的敬畏？
不甘心陆止于此，才会有"海"始于斯
浪漫在海涛之间，浪迹在风暴之南
一个大航海时代始于斯——始于陆地之角
不用考证征服者是出于信仰还是信念
这个十字碑已经把一种精神举向了蓝天

（二）

刀砍斧劈的山壁，隔不开一个彼岸
海臂张开怀抱，迎接海的女儿
海的女儿——那大波浪的卷发
从另一个陆地漂移而来
灯塔的眼睛变成岩壁上的野花
正在偷看那海姑娘的舌头亲吻谁……

（三）

风借助浪，浪卷起风
峭壁可以阻止浪的脚步
无理由阻挡风的行动
云朵听从风的驱使，消除阴霾
无所图，无所好
只是用蓝天蔚蓝大海

（四）

水连着水，浪连着浪
翻滚啊翻滚，从来都是这样
所有的奇迹都在更远的远方
天空和陆地，从来不说再见
天空和大海，从来不说分离
这种神秘说明了什么？

2017-07 于葡萄牙

贝伦塔随笔

一个雄视大西洋的建筑，耸立特茹河畔
曾经的灯塔已经熄灭
曾经的地狱被人津津乐道

这是探险者的起点
美妙的石雕，展示着五百年的沧桑
述说着一个时代的兴盛与衰落

那些航海家们，把陌生的彼岸
变得熟悉
地球再也没有隐秘

星星点点的帆船，难以演绎过去的辉煌
来来往往的游人
带着感叹，走向远方

2017-07 于里斯本

吉尼斯黑啤展览馆

玻璃幕墙，渗透着梦幻般的黄昏色泽
无数橡木桶中，时光用缓慢的蒸流
将光谱酿成液态琥珀

老照片从数字洪流涌出，重现着机器齿轮
咬合的喧闹。维多利亚铆钉缀满月光
像仪表盘上跳动的爱尔兰苔藓

舌尖轻触，宛如停留在黑曜石的边缘
感受绵密泡沫，细密的刻度在舌苔悄悄蔓延
有人皱起眉弯，拐杖点击地面的刹那
仿佛敲响海床下沉睡的青铜

当二维码吞下麦芽的基因链
吉尼斯纪录正举起液态纪念碑——
为贩夫走卒，戴上氮气泡沫的桂冠

而传送带尽头，圣杯在称量
黄金与泡沫的永恒斜率
空酒瓶用环形指纹，封印液态的契约

畅游大西洋

我站在海轮的最前端
踏着巨浪，破风而行
大洋的风云尽收眼底
当海浪把船颠簸得快要跳起来时
一种航海家的感觉油然而生
多少人就是这样
从一块陆地到达另一块陆地
让生命空间无限拓展

海中央出现了一片礁石
绕过这个礁石群
一大片海藻，自由自在地飘摇
我像当年的"五月花"见到新大陆一样
格外兴奋……
海的宽广
浸透了我的身体
海的气魄，冲动人生
海浪一浪高过一浪
一浪一浪，在我内心涌动
谁远离海，谁就是退却
谁驾驭了海
谁就驾驭了未来

后　记

　　本书是《花的变奏》的姊妹篇，与《花的变奏》没有重复篇章。

　　2016年，《星星》诗刊社联合长江文艺出版社出版了诗歌选集《花的变奏》，内容包括2013年来的新作和已出版的《另一种视觉》《沉默的云》等诗集中的部分新诗。2017年至2022年，笔者又创作了一些作品，加上《花的变奏》遗留诗稿，共优选新体诗250余首（含可分解组诗）收入此书。此书与《花的变奏》收录本人的绝大部分诗作，基本体现了笔者新体诗创作的全貌。作品格调呈多元倾向，既有知性风格的诗，又有口语风格的诗。抒情与叙事，歌颂与反讽，不拘一格。题材涉及言志与言情、社会与旅游等。

　　现代新诗没有过硬的门槛，但也有其内在的规则。形象化表达是其基本特征之一，现代诗歌也要通过意象实现意境美、思想美。在古体诗词中，押韵是其形式上的基本特征。现代新诗虽然可以不押韵，但不能没有韵味。没有韵味又不押韵，只能是分行文字，和散文没啥区别。诗的形象性、音乐性、抒情性和张力特征，使之区别于其他文学样式。

　　无论有韵的诗还是无韵的诗，都是自由体诗，都要体现诗歌的本质特征。有人把押韵的诗称为新格律诗，把不押韵的诗称为自由诗。其实把有规则的押韵说成新格律诗并不科学，押韵只是有韵诗的一个特征而已。就古体诗词而言，格律是必须遵守的规则。而百年新诗史上的所谓新格律诗，只是现代新诗的一种形式。在新体诗的创作过程中，用韵不用韵、怎么用韵、句式长短、字数多少、分行分段皆因抒情表意而定。换言之，是由作者根据表达的需要而定，并非遵循事先设定好的格律。所以说，相对于事先有字数、平仄、韵脚规定的格律诗词，有韵的新诗和无韵的新诗都应该是自由体诗。

自由体诗也不能太自由。既然是诗，就要有诗的特征，就要体现诗的建筑美、绘画美、音乐美。

诗的建筑美，就是诗的形式美，就是通过分行分段的技巧，给人一种直观的视觉美感。诗的分行，除自然分行即按句读分行外，还有按出句对句、按意群语义、按重点词语分行；根据表达需要还有明韵暗韵、跨行跨段法等。除了感观上的美感，最主要是语义结构与篇章结构的协调一致性。

诗的绘画美，就是诗的意境美。诗要用意象说话，寓情于景，寓理于事，变抽象为具象。不能从概念到概念，空洞地表达。但意象不能过于繁复，就像绘画，适当留白，画面会更美。

诗的音乐美，就是诗的音节美感。现代新诗应该借鉴格律诗词的韵律、平仄的音节效应，使诗歌读起来朗朗上口，听起来琅琅悦耳。借鉴不是要受音韵的约束，而是保持诗的音乐美特征，让诗歌在阅读或朗诵中，有一种跌宕起伏的效果。

　　不管是知性写作还是口语写作，诗都要易懂有味。易懂，就是要让字面意义或文本主旨容易理解；有味，就是读后应有余味，让人回味不尽。个人认为，诗应该有弦外之音，但不能晦涩难懂，影响可读性。

　　这些只是笔者写诗的体会和观点，也是笔者为之努力的方向。在此与读者交流，希望多多批评。

游运

2023-05-15 于成都